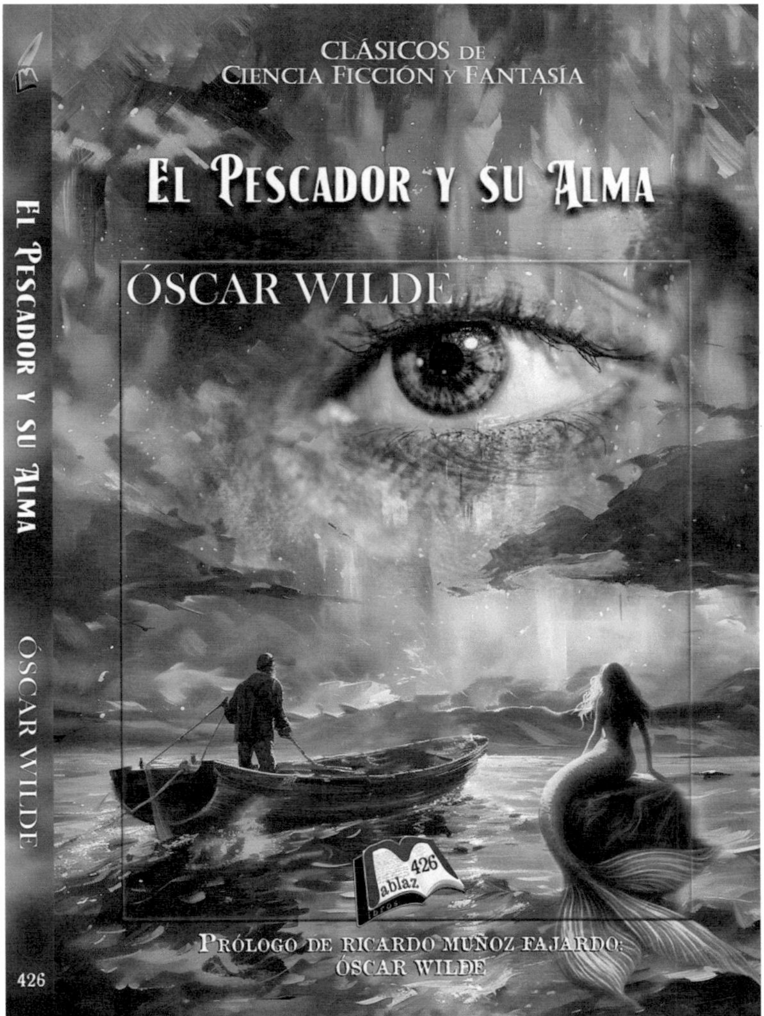

# El Pescador y su Alma

## ÓSCAR WILDE

PRÓLOGO DE RICARDO MUÑOZ FAJARDO:
ÓSCAR WILDE

426

Ciencia Ficción y Fantasía -157

Mablaz.

*El pescador y su alma*
Primera Edición, noviembre de 2025

© Libros Mablaz, Madrid

© De esta edición, Libros Mablaz, Madrid

blogs:
Editorial Libros Mablaz
**http://editoriallibrosmablazycienciaficcion.blogspot.com.es/**
Ciencia ficción y fantasía en Libros Mablaz:
**http://mablazlibros.blogspot.com.es/**
Librería en Todocolección:
**https://www.todocoleccion.net/s/catalogo?identificadorvendedor=LibrosMablaz**

Diseño de cubiertas: Mari Carmen López

ISBN: 979-13-991135-2-5
Depósito Legal: M-24825-2025

LIBROS MABLAZ - 426

# El Pescador y su Alma

# Óscar Wilde

*A S.A.R. Alicia, princesa de Mónaco*

# PRÓLOGO: ÓSCAR WILDE

Óscar Wilde (1854-1900) fue considerado por los hombres y mujeres del tiempo que vivió un gran escritor, cuyas letras, una vez publicadas, tenían muchos seguidores. Lo mismo ocurría con su teatro.

Una auténtica celebridad.

Sí, una auténtica celebridad que vio truncada su carrera literaria por un «pecado» cometido inadmisible para la sociedad de su época, ser homosexual.

Aunque no tenga nada que ver con la literatura, hemos creído hacer un símil casi idéntico con la persona de Alan Turing, el científico principal que consiguió descifrar el código de la máquina Enigma, utilizada por los nazis para enviar sus mensajes codificados. En parte, se puede decir que él fue uno de los artífices de la derrota del Eje en la Segunda Guerra Mundial. El mismo «pecado» cometió que Wilde.

Wilde fue condenado por el «delito» indecencia grave y encarcelado dos años y obligado a realizar trabajos forzados. Tras cumplir su pena, se trasladó a vivir a Paris, donde murió en la miseria poco tiempo después.

Turing fue declarado culpable de los delitos de indecencia grave y perversión sexual. Le dieron a elegir, o iba un año a prisión o se sometía a una castración química. Eligió esta última alternativa. El tratamiento le produjo muchos efectos secundarios, lo que le llevó a suicidarse —su madre afirmó que fue un accidente— dos años después de cumplida su condena.

De Wilde se dice que su obra maestra fue la pieza teatral *La importancia de llamarse Ernesto* (1895). También son muy conocidas dos de sus narrativas, *El retrato de Dorian* Grey (1891), su única novela, si consideramos al resto de sus prosas cuentos o relatos, que tuvieron mayor o menor extensión, y *El fantasma de Canterville* (1887), un cuento de breve extensión.

Dentro de este campo que tantos escritos motivó, los opúsculos, cuentos o relatos, la mayoría de ellos tienen caracteres fantásticos, a veces dedicado a un público infantil.

En 1888, Wilde publicó una compilación de estos, titulada *El príncipe feliz y otros cuentos*, en los que incluyó los siguientes cuentos: *El príncipe feliz, El ruiseñor y la rosa, El gigante egoísta, El amigo fiel* y *El famoso cohete*.

La segunda recopilación publicada de este tipo de escritos de Wilde se editó en 1891 bajo el título de *El crimen de lord Arthur Saville y otras historias*, que contó con las siguientes andanzas: *El crimen de lord Arthur Saville*, muy reeditado, el citado *El fantasma de Canterville*, *La esfinge sin secreto*, *El modelo millonario* y *El retrato del Sr. W. H.*, no incluido en la primera edición pero si en las posteriores.

Ese mismo año, 1891, salió a la calle *Una casa de granadas*, que incluía *El joven rey*, *El cumpleaños de la infanta*, *El pescador y su alma* y *El niño estrella*.

Antes de referirnos en concreto de *El pescador y su alma*, el relato que da nombre a este libro, de importante extensión sin llegar a poder considerarse como una novela, además de *El príncipe feliz* y *El gigante egoísta*, otros relatos incluidos en este tomo, citaremos otras del escritor irlandés, que hemos de recordar que la isla pertenecía a Gran Bretaña en los años que vivió Wilde.

Las obras de teatro escritas por él, además de *La importancia de llamarse Ernesto*, son *Vera o los nihilistas* (1880), *La duquesa de Padua* (1883), *El abanico de Lady Windermere* (1892), *Una mujer sin importancia* (1893), *Salomé* (1893, publicada primero en el francés porque llegó a ser prohibida en Inglaterra) y *Un marido ideal* (1895).

*El pescador y su alma* cuenta con una muy interesante trama, en una historia protagonizada por un pescador que se enamora de una sirena, a la que solo puede encandilar deshaciéndose de su alma, a lo que accede sin poner ningún inconveniente. Tras separarse hombre y alma, se acaban reencontrando y el uno y la otra son tratados por el autor como dos personajes diferentes, viajeros en busca de mitos y dioses en escenarios en los que se suceden hechos fantásticos.

*El príncipe feliz*, esta vez sí es un cuento, que para el autor de este prólogo es uno de los más bonitos jamás escritos, que narra la relación entre la estatua de un príncipe, que ve las penas que sufre los habitantes de su ciudad, y una golondrina que va entregando las prebendas existentes en el monumento para paliar las desgracias ajenas.

*El gigante egoísta*, también un cuento, dirigido esta vez al público infantil, cuenta a pesar de ello con una moraleja importante sobre la acción de un pecado venial en una persona y el arrepentimiento.

Ricardo Muñoz Fajardo

Todas las tardes el joven Pescador se internaba en el mar, y arrojaba sus redes al agua.

Cuando el viento soplaba desde tierra, no lograba pescar nada, porque era un viento malévolo de alas negras, y las olas se levantaban empinándose a su encuentro. Pero en cambio, cuando soplaba el viento en dirección a la costa, los peces subían desde las verdes honduras y se metían nadando entre las mallas de la red y el joven Pescador los llevaba al mercado para venderlos.

Todas las tardes el joven Pescador se internaba en el mar. Un día, al recoger su red, la sintió tan pesada que no podía izarla hasta la barca. Riendo, se dijo:

—O bien he atrapado todos los peces del mar, o bien es algún monstruo torpe que asombrará a los hombres, o acaso será algo espantoso que la gran Reina tendrá deseos de contemplar.

Haciendo uso de todas sus fuerzas fue izando la red, hasta que se le marcaron en relieve las venas de los brazos. Poco a poco fue cerrando el círculo de corchos, hasta que, por fin, apareció la red a flor de agua.

Sin embargo no había cogido pez alguno, ni monstruo, ni nada pavoroso; sólo una sirenita que estaba profundamente dormida.

Su cabellera parecía vellón de oro, y cada cabello era como una hebra de oro fino en una copa de cristal. Su cuerpo era del color del marfil, y su cola era de plata y nácar. De plata y nácar era su cola y las verdes hierbas del mar se enredaban sobre ella; y como conchas marinas eran sus orejas, y sus labios eran como el coral. Las olas frías se estrellaban sobre sus fríos senos, y la sal le resplandecía en los párpados bajos.

Tan bella era aquella sirenita que cuando el joven Pescador la vio, se sintió sobrecogido de maravilla, alargó la mano y la atrajo hasta él; luego inclinándose sobre el borde de la barca, la tomó en brazos. Pero apenas la tocó, la sirenita gritó como una gaviota asustada, y despertó, y lo miró con sus ojos de amatista llenos de terror, esforzándose en un vano intento de escapar. Él la sujetó poderosamente abrazada, sin dejarla escapar.

Cuando la sirenita comprendió que no había forma de huir se puso a llorar y dijo:

—Te suplico que me dejes en libertad. Soy la hija única de un Rey, y mi padre ya es viejo y vive solo.

Pero el joven Pescador respondió:

—No te soltaré hasta que me prometas que cada vez que te llame obedecerás mi llamada, y cantarás para mí. A los peces les fascina el oír las canciones del pueblo del mar, y así mis redes estarán siempre llenas.

—¿Juras que me soltarás si te hago esa promesa? —preguntó la sirena.

—Juro que te soltaré —respondió el joven Pescador.

Ella hizo entonces la promesa pactada, jurando con el juramento de los hijos del Mar. Él abrió los brazos y la sirenita se sumergió en el agua temblando con un extraño temblor.

Todas las tardes el joven Pescador se internaba mar adentro, y llamaba a la sirena, y ella acudía invariablemente; salía del agua y cantaba. En torno de ella nadaban los delfines, y las gaviotas le revoloteaban sobre la cabeza.

Cantaba una canción maravillosa.

Cantaba sobre los hijos del Mar que llevan sus rebaños de gruta en gruta, cargando los ternerillos al hombro; cantaba acerca de los tritones, que tienen largas barbas verdes y pechos velludos, y hacen sonar sus retorcidas caracolas cuando pasa el Rey; cantaba sobre el palacio del

Rey que es todo de ámbar, y su techo es de claras esmeraldas, y el pavimento está formado de resplandecientes perlas; y cantaba sobre los jardines del Mar, donde los grandes abanicos de coral se balancean todo el día, y los peces nadan alrededor como pájaros de plata, y las ané—monas se cogen a las rocas y en la arena amarilla florecen con grandes corolas rojas. Cantaba de las vastas ballenas, que bajan de los mares del Norte con sus barbas cuajadas de agudos carámbanos; cantaba también acerca de las sirenas, que cantan tales maravillas, que los mercaderes deben taparse con cera los oídos, por temor, al escucharlas, de saltar al agua y ahogarse; cantaba sobre las naves hundidas, con sus altos mástiles y sus marineros aferrados aún a las jarcias, y de las caballas entrando y saliendo por los huecos abiertos en el casco; cantaba sobre las lapas diminutas, que son grandes viajeras porque adheridas a la quilla de los barcos dan vueltas al mundo una y otra vez; y cantaba de las jibias, que habitan los arrecifes y extienden sus largos brazos negros, y pueden crear la noche cuando se les antoja. Cantaba al Nautilus, que tiene un barquito tallado en ópalo y se gobierna con una vela de plata; cantaba a los grandes leones marinos, con sus colmillos curvos, y a los hipocampos, de crines flotantes y graciosos cuerpos de carey rojo y cabriolante.

Mientras la sirenita cantaba, los atunes subían de las profundidades para oírla, y el joven Pescador lanzaba sus redes al mar y los atrapaba, o bien traspasaba con su arpón a los más grandes. Y cuando tenía su barca bien cargada, la sirena le sonreía y se sumergía nuevamente hacia el reino de su padre.

Sin embargo, ella nunca se le acercó tanto como para que el Pescador pudiese volver a tocarla.

Muchas veces él la llamó y le suplicó, pero ella no quería; y cuando trataba de capturarla, ella se zambullía en el mar con la grácil rapidez de una foca, y ya no volvía a verla en todo el día. Y cada día el sonido de su voz era más dulce. Tan dulce era la voz de la sirena que a veces el pescador olvidaba sus redes. Esas tardes pasaban en cardumen los atunes con sus aletas purpúreas y sus ojos de oro elástico, sin que el pescador se diera cuenta. Esas tardes el arpón descansaba ocioso a su lado, y los cestos de mimbre quedaban vacíos. El Pescador, con los labios entreabiertos y los ojos llenos de maravilla, se quedaba muy quieto en la barca, escuchando, escuchando, hasta que la niebla llegaba arrastrándose a envolver la embarcación y la luna tenía de plata su cuerpo de bronce.

Y una tarde llamó a la sirena y le dijo:

—Sirenita, sirenita, yo te quiero. Seamos novios, porque estoy enamorado de ti...

Pero la sirena negó moviendo tristemente la cabeza, mientras decía:

—Tienes un alma humana. Sólo podría amarte yo si tú te desprendieses de tu alma.

Entonces el joven pescador se dijo:

—¿De qué me sirve mi alma? No puedo verla, no puedo tocarla, no la conozco. La despediré, y podré ser feliz.

Y de sus labios surgió un grito de alegría, y poniéndose de pie en su barca extendió los brazos hacia la sirena, y le dijo:

—Expulsaré a mi alma, y entonces seremos novios, y viviremos juntos en lo más profundo del mar, y me mostrarás todo lo que has cantado, y yo haré todo lo que quieras, y ya nunca podrán separarse nuestras vidas.

Y la sirenita rio alegremente, escondiendo el rostro entre las manos.

—Pero ¿cómo podré desprenderme de mi alma? —preguntó el pescador—. Dime qué debo hacer y lo haré ahora mismo.

—¡Ay! —repuso la sirenita—. ¡Yo no lo sé! Los hijos del Mar no tenemos alma.

Lo miró con sus ojos ardientes y se hundió en lo profundo.

* * *

Al día siguiente, muy temprano, cuando el sol todavía no se alzaba un palmo por sobre la colina, el joven pescador se dirigió a la casa del cura, y llamó tres veces a la puerta.

El novicio se asomó por el postigo y cuando vio de quien se trataba, descorrió el cerrojo y le dijo:

—Entra.

El joven entró, se arrodilló sobre la estera de juncos del suelo, y dijo al cura, que leía el Libro Santo:

—Padre, estoy enamorado de una hija del Mar, y mi alma impide que consiga mi deseo. Dime por favor, qué es lo que debo hacer para librarme de mi alma, porque no la necesito: ¿De qué me sirve mi alma? No puedo verla, no puedo tocarla, no la conozco.

—¡Oh, mi muchacho, estás loco o has comido quizás algún hongo venenoso! El alma es lo más noble que hay en el hombre, y nos fue dada por Dios para que la usemos noblemente. Nada hay tan precioso como el alma humana, ni cosa terrestre alguna que pueda comparársele. Vale todo el oro del mundo, y es más preciosa que los rubíes de los reyes. Hijo mío, no pienses más en algo así, porque incluso tal pensamiento es un pecado mortal. Los hijos del Mar, ellos están perdidos, y los que tienen comercio con ellos, lo están también. Son como las bestias del campo, que no distinguen el bien del mal.

¡Por ellos no murió nuestro Señor Jesucristo! Al escuchar las amargas palabras del cura, al joven Pescador se le llenaron de lágrimas los ojos; se levantó y repuso:

—Padre, los faunos viven en la selva, y viven contentos; y los tritones vienen a descansar sobre las rocas del acantilado, con sus arpas doradas. Déjame ser como ellos, te lo ruego, porque sus días son como los días de las flores. Y en cuanto a mi alma, dime tú, ¿de qué me sirve si se interpone entre yo y el ser que amo?

—El amor del cuerpo es ruin —exclamó el cura, frunciendo el ceño—, y los seres paganos que Dios permite que vaguen por el mundo, también son ruines y maléficos. ¡Malditos los faunos del bosque, y malditos los cantores del Mar! Los he oído a veces en las noches, e intentan distraerme de mi rosario.

Llaman a mi ventana levemente, y ríen, y me susurran al oído el cuento de sus placeres peligrosos. Me seducen con sus proposiciones y cuando me propongo rezar me hacen muecas. ¡Te digo que están perdidos, están perdidos!... Para ellos no hay cielo ni infierno y en ninguno lugar podrán alabar el nombre del Señor.

—Padre —replicó el joven Pescador—, tú no sabes lo que dices. Una tarde capturé en mis redes a la hija de un Rey del Mar. Y es más hermosa que la estrella de la mañana y más blanca que la luna. Yo daré mi alma por su cuerpo y renunciaré al cielo por su amor. Contesta mi pregunta y déjame ir en paz.

—¡Atrás! ¡Atrás! —gritó el cura—. ¡Esa muchacha está perdida y te perderás con ella! Y lo expulsó de la casa parroquial sin darle la bendición.

El joven Pescador se dirigió al mercado; caminando lentamente, con la cabeza baja, sumido en una tristeza insondable.

Cuando lo vieron los mercaderes, cuchichearon entre ellos, y uno se adelantó. Después de llamarlo por su nombre, le preguntó:

—¿Qué vendes, pescador?

—Vendo mi alma —contestó el joven Pescador—. Te ruego que me la compres, porque estoy cansado con ella. ¿De qué sirve mi alma? No puedo verla. No pudo tocarla. No la conozco.

Entonces los mercaderes se burlaron de él:

—Pero dinos, muchacho, ¿de qué nos serviría el alma de un hombre? No vale ni una mala moneda de cobre. Si quieres te podemos comprar tu cuerpo como esclavo, y te vestiremos de rojo y te pondremos un anillo en el dedo y podrás ser el favorito de la gran Reina. Pero no nos hables de tu alma porque a nosotros tampoco nos sirve para nada, ni tiene valor alguno.

El joven Pescador pensó:

—¡Qué cosa rara! El cura dice que el alma vale todo el oro del mundo, pero los mercaderes aseguran que no vale ni una mala moneda de cobre.

Salió del mercado, y se encaminó hacia la playa donde se puso a meditar sobre qué debería hacer.

* * *

Al mediodía, el Pescador recordó que cierta vez uno de sus compañeros le había hablado de una bruja joven que vivía en una caverna al extremo de la bahía, y que era muy sabia en brujerías. De inmediato echó a correr en dirección a la caverna. Tan veloz que una nube de polvo le seguía al correr por la arena de la playa.

La joven bruja adivinó la llegada del Pescador por una picazón que sintió en la palma de la mano; se soltó entonces la roja cabellera y se puso a reír. Se quedó de pie a la entrada de la caverna, teniendo en la mano una rama de cicuta florida.

—¿Qué necesitas? —gritó cuando el Pescador subía jadeando por el acantilado—. ¿Quieres peces para tus redes cuando el viento sopla en contra? Si es eso, tengo un caramillo que cuando se sopla en él, el mújol se mete a la bahía. Pero tiene su precio, hermoso joven, tiene su precio. ¿Qué necesitas? ¿Quieres una tormenta que haga naufragar los barcos y arrastre a la costa baúles llenos de tesoros? Tengo más huracanes que el tiempo, porque mi amo es más fuerte que el tiempo, y con un cedazo y un cubo de agua puedo enviar las grandes carabelas al fondo del mar. Pero también tiene su precio, hermoso joven, tiene su precio. ¿Qué necesitas? Conozco una flor que crece en el valle y que yo sólo conozco. Tiene las hojas púrpura, y una estrella en el corazón, y su jugo es tan blanco como la leche. Si tocas los labios desdeñosos de la gran Reina con esta flor, ella te seguirá a través del mundo entero. Pero tiene su precio, hermoso joven, tiene su precio. ¿Qué necesitas? Puedo machacar un sapo en el mortero y hacer un caldo, removiéndolo con la mano de un muerto. Si mojas con ese caldo a tu enemigo mientras duerme, se convertirá en una víbora negra, y lo matará su propia madre. Con ayuda de una rueda puedo hacer bajar a la luna del cielo, y en un cristal puedo mostrarte la Muerte. ¿Qué necesitas? ¿Qué necesitas? Dime tu deseo y yo te lo concederé. Pero me tendrás que pagar su precio, hermoso joven, me tendrás que pagar su precio.

—Mi deseo es poca cosa —contestó el joven Pescador—, sin embargo el cura se enojó conmigo y me arrojó de su casa. Es poca cosa, pero los mercaderes se burlaron de mí y me lo negaron. Por eso vengo a conversar contigo, a pesar que los hombres dicen que eres mala; y sea cual sea tu precio, te lo pagaré.

—¿Qué necesitas? —preguntó la bruja, acercándosele.

—Quiero desprenderme de mi alma —contestó el joven Pescador.

La bruja palideció y, con un estremecimiento, escondió su rostro en el manto azul.

—Hermoso joven, hermoso joven —murmuró—, esa es una cosa terrible.

Pero él sacudió sus rizos oscuros y se echó a reír.

—¿De qué me sirve mi alma? —dijo—. No puedo verla. No puedo tocarla. No la conozco.

—¿Qué me darás si te lo digo? —preguntó la bruja mirándolo con sus hermosos ojos.

—Tengo cinco monedas de oro para darte —contesto él—, y también mis redes, y la choza de cañas en que vivo, y la barca en que navego. Dime solamente lo que debo hacer para desprenderme de mi alma, y te daré todo lo que tengo.

Ella se rio burlonamente, lo rozó con la rama de cicuta, y le dijo:

—Si yo lo desease, podría convertir en oro las hojas del otoño, y tejer hebras de plata con los rayos de la luna. Mi amo es más rico que todos los reyes de este mundo, y gobierna en todos los dominios de la tierra.

—¿Qué te daré entonces —dijo él—, si no esperas recibir oro ni plata?

La joven bruja le acarició los cabellos con su mano blanca y fina y sonriendo, murmuró:

—Tendrás que bailar conmigo, hermoso joven.

—¿Sólo bailar contigo? —exclamó el Pescador maravillado.

—Nada más —contesto ella— sonriendo de nuevo.

—En cuanto se ponga el sol, bailaremos juntos donde nadie nos vea, o donde quieras que lo hagamos —dijo él— y después de bailar me dirás lo que quiero saber.

Ella agitó la cabeza murmurando:

—Cuando salga la luna, cuando salga la luna.

Luego observó atentamente alrededor, y atentamente escuchó. Un pájaro azul salió chillando de su nido y se puso a describir círculos sobre las dunas; y tres pájaros pardos bostezaron en medio de la hierba verde y áspera silbándose entre sí. No se oía más que el susurro de las olas arrastrando las piedras pulidas de la playa. Entonces la bruja extendió su mano, atrajo hacia sí al joven pescador y le acercó los labios al oído:

—Esta noche habrás de venir a la cumbre de las colinas —susurró—. Es sábado y estará Él.

El joven Pescador se estremeció. Ella reía, mostrando sus dientes blancos.

—¿Quién va a estar allí? —preguntó.

—Eso no debe importarte —repuso ella—. Ven esta noche y espérame a la sombra del espino blanco... si un perro negro te acomete, golpéalo con una rama de sauce y huirá. Y si te habla un búho, no le respondas. Cuando la luna esté en el cenit iré a buscarte y bailaremos juntos sobre la hierba.

—Pero, ¿juras decirme qué debo hacer para desprenderme de mi alma? —preguntó el joven Pescador.

Ella se puso al sol y el viento agitó sus cabellos rojos.

—Te lo juro por las pezuñas del macho cabrío —prometió.

—Eres la mejor de las brujas —exclamó el Pescador—, y bailaré contigo esta noche en la cumbre de las colinas... Hubiera preferido que me pidieras oro o plata, pero de todos modos el precio me conviene... es poca cosa.

Se quitó la gorra, hizo una profunda reverencia ante la mujer, y bajó corriendo de regreso al pueblo, ebrio de alegría.

La joven bruja lo miró hasta que el Pescador se perdió de vista. Volvió entonces a su gruta, sacó un espejo de un cofre de cedro labrado, y lo puso en un marco. Luego, sobre unas brasas, quemó delante del espejo un puñado de verbena, y miró atentamente a través de las espirales de humo.

Después de unos instantes cerró los puños iracunda:

—Debería haber sido mío —murmuró—, soy tan hermosa como ella.

Esa noche, al salir la luna, el joven Pescador trepó a la cima del monte, y esperó bajo las ramas del espino blanco. Allá abajo, a sus pies, se extendía el mar como una rodela de plata bruñida, y la sombra de las barcas de pesca moteaba la bahía de signos que resbalaban por la luz. Un gran búho, de amarillos ojos sulfúreos, lo llamó por su nombre... pero él no respondió. Y un perro negro lo persiguió gruñendo... él lo golpeó con una rama de sauce y el perro huyó lanzando gañidos lastimeros.

Las brujas llegaron a medianoche, volando por el aire como murciélagos.

—¡*Whee-ho*! —gritaban al tocar tierra—. Aquí hay uno a quien no conocemos.

Olfateaban alrededor, charlaban entre ellas, y se hacían signos.

La joven Bruja, con su roja cabellera al viento, llegó la última de todas. Vestía un traje de tisú de oro, bordado con ojos de pavos reales, y un pequeño birrete de terciopelo verde en la cabeza.

—¿Dónde está, dónde está? —chillaron las brujas cuando la vieron.

Pero ella no hizo más que reír, corrió hacia el espino blanco, tomó de la mano al Pescador y llevándolo a la luz de la luna comenzaron a bailar. Pronto todos estaban bailando.

Giraban juntos vertiginosamente, dando vuelta tras vuelta, y la joven Bruja saltaba tan alto que el Pescador podía ver los tacos escarlata de sus zapatillas.

Entonces, por encima del tumulto de los bailarines, se escuchó galopar un caballo, pero no se veía caballo alguno, y el joven Pescador tuvo miedo.

—¡Más rápido! ¡Más rápido! —gritó la bruja abrazándolo por el cuello a tiempo que le exhalaba su aliento cálido en el rostro—. ¡Más rápido! ¡Más rápido! —volvió a gritar, y la tierra parecía girar bajo los pies del Pescador, y la cabeza le daba vueltas, y comenzó a sentirse dominado por el terror, como si lo estuviera observando un ser maléfico. Al fin advirtió que al pie de una roca, había una sombra que recién no estaba allí.

Era un hombre vestido de terciopelo negro, a la manera española; tenía el rostro pálido, y sus labios eran orgullosos como una flor roja. Estaba reclinado contra la roca, como si estuviese muy cansado, y su mano izquierda jugaba distraída con el pomo de la daga que pendía del cinturón. A su lado, sobre la hierba, había un sombrero emplumado y unos guantes de montar bordados con hilos de oro. Sus manos blancas estaban cubiertas de preciosos anillos y una capa corta le colgaba del hombro izquierdo. El Pescador no podía verle los ojos, porque los velaban sus párpados cansados.

El joven Pescador no podía apartar la mirada de esta figura, como si fuese víctima de un sortilegio. Al fin se encontraron sus ojos, que parecían seguirle dondequiera que los llevara la danza.

Entonces escuchó reír a la Bruja, y tomándola de la cintura giraron y giraron locamente.

De pronto, un perro ladró en el bosque, y los bailarines se detuvieron, y fueron subiendo de a dos en dos, para besar las manos del hombre. Mientras lo hacían, una sonrisa se dibujó levemente en sus labios altivos. Pero había cierto desdén en el gesto, y los ojos del hombre continuaban fijos en el joven Pescador.

—¡Ven, adorémoslo! —murmuró la Bruja tironeándolo hacia arriba.

El Pescador sintió un gran deseo de

hacer lo que ella le pedía, y la siguió. Pero cuando estuvo cerca de él, sin saber por qué, hizo la señal de la cruz, invocando el Nombre Santo.

Al instante, las brujas emprendieron vuelo chillando como halcones, y el rostro pálido que había estado mirando, se contrajo en con un espasmo de dolor. El hombre se dirigió al bosque y silbó. Un corcel con arreos de plata corrió a su encuentro. El hombre saltó sobre la silla, se volvió, y miró tristemente, por última vez, al joven Pescador.

La Bruja de cabellos rojos también trató de levantar el vuelo, pero el Pescador la sujetó fuertemente por las muñecas.

—¡Suéltame! —gritó ella—. ¡Déjame ir, porque has nombrado lo que no debería nombrarse, y has hecho el signo que no debe verse!

—¡No! —replicó él—. No te dejaré ir hasta que me hayas dicho el secreto.

—¿Qué secreto? —preguntó ella forcejeando como un gato montés y mordiéndose los labios, blancos de espuma.

—¡Lo sabes muy bien! —dijo el joven.

Los ojos de la bruja, verdes como el pasto, centellearon de lágrimas, diciendo:

—¡Pídeme lo que quieras, menos eso! Pero él se echó a reír, y la sujetó con más fuerza.

Y cuando ella vio que no podía escapar, le susurró al oído:

—¿No te parece que soy tan bella como las hijas del Mar, tan seductora como las que viven bajo las aguas azules? Y lo miraba cariñosamente, acercando su rostro al del joven.

Pero el Pescador la rechazó frunciendo el ceño, mientras decía:

—Si no cumples la promesa que me hiciste, tendré que matarte por ser bruja falsa y mentirosa.

Ella palideció, tomando el color gris lívido de la flor del árbol de Judas, y estremeciéndose le señaló:

—Será como quieres. Es tu alma y no la mía. Haz con ella lo que se te antoje.

Y se descolgó del cinturón un cuchillito, con mango de piel de víbora verde, para entregárselo. En la hoja centelleaban misteriosas runas.

—¿Y para qué me va a servir esto? —preguntó el Pescador sorprendido.

Ella calló todavía por un instante y una sombra de terror le pasó por el rostro. Luego sonrió extrañamente, sacudió su cabellera roja, y agregó:

—Lo que los hombres llaman la sombra del cuerpo no es la sombra del cuerpo, sino el cuerpo del alma. Ponte de pie en la playa, de espaldas a la luna, y con este cuchillo corta, desde tus pies, tu sombra, que es el cuerpo de tu alma, y ordénale que se vaya. Ella así tendrá que hacerlo.

El joven Pescador se estremeció de placer.

—¿Es verdad lo que me dices? —murmuró.

—Es cierto, y quisiera no habértelo dicho nunca —murmuró ella llorando, y se abrazó a sus rodillas.

Pero el Pescador la rechazó de nue—vo, y la hizo caer sobre la hierba espesa, luego se guardó el cuchillo en el cinturón, caminó hasta el borde de la cima e inició el descenso.

Y su alma, que estaba dentro de él y había escuchado todo, lo llamó para decirle apesadumbrada:

—Escucha, he vivido contigo todos estos años y siempre estuve a tu servicio. No me arrojes ahora... ¿qué mal te he hecho? Y el joven Pescador se puso a reír:

—No me has hecho ningún daño pero no te necesito. El mundo es ancho, y hay Cielo e Infierno, y esa sombría mansión crepuscular que se extiende entre ambos. Ve donde se te ocurra, pero no me importunes, porque mi amor me está llamando.

El alma suplicó, plañidera, pero el Pescador, sin hacerle caso, bajó saltando de risco en risco, tan seguro de pies como una cabra. Por fin llegó a la playa amarillenta junto al mar.

Recio y bronceado, como una estatua esculpida por un griego, se alzó sobre la arena, de espaldas a la luna; y, de la espuma, surgieron, llamándolo, unos brazos blancos, y de las olas se levantaron formas indecisas, rindiéndole homenaje. Delante de él yacía su sombra, que era el cuerpo de su alma, y detrás, en el aire, colgaba la luna color miel.

Su alma todavía le dijo:

—Si realmente quieres echarme, no

me despidas sin corazón. El mundo es cruel, dame tu corazón para llevarlo conmigo.

Pero el Pescador, moviendo la cabeza, sonrió:

—¿Cómo voy a amar a mi amor si te doy mi corazón?

—Sé generoso —insistió el alma—, dame tu corazón, que el mundo es muy cruel y tengo miedo.

—Mi corazón es de mi amor —dijo él—. No seas porfiada y vete.

—¿Y no podré amar yo también? —preguntó su alma.

—¡Ándate, te digo, yo no te necesito para nada! Y tomó el cuchillo con mango de piel de víbora verde, y recortó su sombra alrededor, a partir de sus pies.

Y la sombra se irguió, y quedó en pie delante de él, y era exactamente igual a él.

Dando un paso atrás, el pescador se guardó el cuchillo en el cinturón, y se sintió dominado por un temor que entraba a las honduras de su ser.

—¡Ahora vete! —murmuro—. ¡Que no vuelva yo a ver tu rostro! —No —dijo el alma—. Es necesario que nos encontremos de nuevo —su voz era llorosa y aflautada, y sus labios apenas se movían al hablar.

—¿Cómo nos encontraremos? —dijo el pescador—. ¿No estarás pensando seguirme a las profundidades del mar?

—Todos los años vendré una vez a este mismo lugar y te llamaré—dijo el alma—. Tal vez me necesites.

—¿Para qué te habría de necesitar? —protestó el joven Pescador—. En fin, haz lo que quieras.

Y se sumergió en el agua. Y los tritones soplaron sus caracolas, y la sirenita nadó para encontrarlo, y lo abrazó besándole en los labios.

Y el alma, de pie en la playa solitaria, los miraba. Y cuando desaparecieron en el mar, se marchó llorando a través de las marismas.

* * *

Cuando transcurrió un año, el alma vino a la orilla del mar y llamó al joven Pescador. Él subió de las profundidades, y la interrogó en tono fastidiado:

—¿Por qué me llamaste?

Y el alma respondió:

—Acércate más, para que pueda hablar contigo, porque he visto cosas maravillosas.

El Pescador se acercó a la orilla, se tendió sobre el agua, y escuchó con la cabeza apoyada en la mano.

Y el alma le refirió:

—Cuando nos separamos miré hacia el Oriente, y caminé hacia allá, pues del Oriente viene toda la sabiduría. Estuve caminando seis días, y al amanecer del séptimo, llegue a una colina que se encuentra en el país de los Tártaros. Tuve que sentarme a la sombra de un tamarindo, porque el país era seco y el calor me abrasaba. La gente iba y venía, como moscas arrastrándose por una bandeja de cobre bruñido. Al mediodía se levantó una nube de polvo, y apenas la divisaron los tártaros prepararon sus arcos saltaron sobre sus caballos, y galoparon hacia ella. Las mujeres subieron chillando a los carros, y se escondieron tras las cortinas de fieltro.

Los tártaros volvieron al caer la tarde; faltaban cinco de ellos, y muchos de los que volvían estaban heridos. Subieron a los carros y se alejaron velozmente. Cuando salió la luna, vi los fuegos de un campamento y me dirigí hacia allá. Era una caravana de mercaderes, sentados en sus alfombras alrededor de una fogata.

Al acercarme, su jefe se levantó, y desenvainando la espada, me preguntó qué quería.

Repuse que en mi país yo era un príncipe, y que había huido de los tártaros que me llevaban prisionero. El jefe sonrió mostrándome cinco cabezas clavadas en varas de bambú

Luego me preguntó quién era el profeta de Dios, y yo le dije que Muhammad.

Al oírme pronunciar el nombre del falso profeta, me tomó de la mano y me hizo sentar a su lado.

Un negro me trajo leche de yegua y un trozo de cordero asado.

Continuamos el viaje a la salida del sol. Yo cabalgaba en un camello al lado del jefe, y un esclavo corría delante de nosotros agitando una lanza. Nos seguían los hombres de armas, desplegados a uno y otro lado, y detrás las mulas con las mercancías.

Mucho cabalgamos. Del país de los tártaros pasamos al país de los que odian a la Luna, donde vimos los grifos custodiando su oro sobre rocas blancas, y los dragones cubiertos de escamas durmiendo en sus cavernas. Cuando cruzamos las montañas, conteníamos el aliento por miedo a que las nieves cayeran encima de nosotros. Al pasar por los valles, los pigmeos nos lanzaron flechas desde los huecos de los árboles, y durante la noche escuchamos los tambores de los salvajes. Cuando llegamos a la Torre de los Monos, les ofrecimos fruta, y no nos hicieron daño. Cuando alcanzamos la Torre de las Serpientes, les ofrecimos leche tibia, y nos dejaron pasar mirándonos con sus ojos inexcrutables.

Los señores de cada ciudad nos exigían tributos de paso, pero no nos abrían sus puertas. Nos arrojaban pan, pastelillos de harina cocidos en miel, y pasteles de cebada rellenos con dátiles, desde lo alto de sus muros.

Cuando los habitantes de las aldeas nos veían acercar, envenenaban sus pozos y escapaban a la cumbre de los cerros. Luchamos con los magdenses, que nacen viejos y se rejuvenecen año tras año hasta que mueren niños; y con los lactros, que se dicen hijos de los tigres y se pintan de negro y amarillo; y con los aurantes, que sepultan a sus muertos en los árboles, y viven en oscuras cavernas por miedo a que el sol, que es su dios, les quite la vida.

Un tercio de nuestra caravana murió peleando, y un tercio pereció de hambre. El resto murmuraba en contra mía, diciendo que les había traído la mala suerte. Entonces tomé una víbora de debajo de una piedra y la dejé que me mordiera. Cuando vieron que no me pasaba nada, sintieron temor pero no me amaron.

Tras cuatro meses de viaje agobiador, llegamos a la ciudad de Illiel. Era de noche, y al amanecer llamamos a sus inmensas puertas. Los centinelas preguntaron qué queríamos, y nosotros respondimos que veníamos de la isla de Siria con gran cantidad de mercancías. Ellos nos dijeron que abrirían las puertas al mediodía.

Y así lo hicieron; abrieron las puertas cuando el sol estaba en el cenit y apenas entramos acudió la gente para vernos, y un pregonero recorrió la ciudad. Nos detuvimos en el mercado, donde los mercaderes mostraron los lienzos encerados del Egipto, y las telas pintadas de los Etíopes, y las esponjas purpúreas de Tiro y los tapices azules de Sidón.

El primer día vinieron a comprar los sacerdotes, al segundo los nobles, y al tercero los artesanos y los esclavos.

Permanecimos allí toda una luna hasta que, hastiado, me puse a vagar por las calles de la ciudad. Así llegué al jardín de su dios. Los sacerdotes vestidos de amarillo, paseaban silenciosos entre los árboles verdes, y sobre un pavimento de mármol negro se levantaba el palacio rosado que sirve de mansión al dios.

Uno de los sacerdotes, me preguntó qué deseaba.

Le respondí que quería ver al dios.

—El dios ha ido de cacería —dijo el sacerdote mirándome con sus ojos oblicuos.

—Dime a qué selva ha ido, pues quiero cabalgar con él —repuse.

El sacerdote peinó los flecos de su túnica con las uñas puntiagudas, y respondió:

—El dios está durmiendo.

—Dime en qué lecho, y velaré su sueño —respondí.

—El dios está en la fiesta —gritó el sacerdote.

—Si el vino es dulce, beberé con él, y si es amargo beberé también —respondí.

El sacerdote, asombrado, me cogió de la mano y me condujo al templo.

En la primera cámara había un ídolo sentado en un trono de jaspe. Era de ébano tallado y de la estatura de un hombre. Tenía un rubí en la frente y sus pies estaban enrojecidos por la sangre de un cabrito recién degollado.

Le pregunté al sacerdote:

—¿Es este el dios?

Y él me respondió:

—Este es el dios.

—Enséñame el dios —grité—, o te mataré sin vacilar.

Y le toqué la mano, que se marchitó enseguida.

El sacerdote me imploró diciendo:

—Cure mi señor a su siervo, y le mostraré al dios.

Le soplé en la mano que se curó de inmediato. Temblando me condujo a un segundo aposento, donde había un ídolo, en pie sobre un loto de jade. Era todo de marfil y del doble de la estatura de un hombre. Tenía un crisólito en su frente, y sus pechos estaban ungidos de mirra y cinamomo.

Yo interrogué al sacerdote:

—¿Es este el dios?

Y él me respondió:

—Este es el dios.

—Enséñame el dios —rugí—, o te mataré sin vacilar.

Y le toqué los ojos, que quedaron ciegos.

El sacerdote me suplicó diciendo:

—Cure mi señor a su siervo, y le mostraré el dios.

Le soplé en los ojos, y la vista volvió a ellos. Temblando de pavor, el sacerdote me llevó entonces a una tercera estancia. Allí, ¡oh maravilla!, no había ídolo ni imagen alguna, sino solamente un espejo redondo de metal, colocado encima de un altar de piedra.

Y dije al sacerdote:

—¿Dónde está el dios?

Y él me contestó:

—No hay más dios que este Espejo, que es el Espejo de la Sabiduría. Todas las cosas del cielo y de la tierra las refleja, excepto el rostro de quien se mira en él. No lo refleja para que el que mire pueda ser sabio. Todos los demás espejos son espejos de la opinión. Sólo este es el Espejo de la Sabiduría.

Quienes poseen este Espejo, lo saben todo, y no hay nada oculto para ellos. Y quienes no lo poseen, no adquieren la Sabiduría. Este es el dios que adoramos nosotros.

Miré el espejo, y era tal como él me había dicho.

Hice entonces una cosa muy singular... No viene al caso que te lo diga, pero en un valle que está a sólo un día de camino, tengo escondido el Espejo de la Sabiduría. Permíteme que vuelva a entrar en ti, para servirte, y serás más sabio que todos los sabios, y tuya será la Sabiduría. Permíteme entrar en ti, y no habrá nadie tan sabio como tú.

El joven Pescador se puso a reír.

—El amor es mejor que la sabiduría —exclamó— y la sirenita me ama.

—Te equivocas, no hay nada mejor que la sabiduría —dijo el alma.

—El amor es mejor —repitió el joven Pescador, y volvió a sumergirse en las honduras del mar, mientras el alma se alejaba llorando a través de las marismas.

\* \* \*

Cuando el segundo el año hubo transcurrido, llegó el alma a la orilla del mar y llamó al joven Pescador. Una vez más, este subió de las profundidades, y pregunto:

—¿Para qué me has llamado?

Y el alma repuso:

—Acércate más, para poder hablar contigo, porque he visto cosas maravillosas.

Y él se acercó a la orilla, y echado sobre el agua, escuchó con la cabeza apoyada en la mano.

El alma dijo entonces:

—Cuando nos separamos, miré hacia el Mediodía, y caminé hacia allá. Del Mediodía viene todo lo que hace Riqueza. Seis días caminé por las sendas que conducen a la ciudad de Aster, y al amanecer del día séptimo divisé a mis pies la ciudad, en el fondo de un valle.

En los muros de la ciudad hay nueve puertas, y en cada una de ellas hay un caballo de bronce que relincha cuando los beduinos bajan de la montaña. Sus murallas están cubiertas de cobre y en cada una de sus torres hace guardia un arquero. Cuando sale el sol, disparan una flecha contra un gong, y al ponerse el sol tocan una bocina de cuerno.

Quise entrar, y los centinelas me preguntaron quién era. Repliqué que era un derviche en camino hacia la Meca, donde está la roca Kaaba y sobre ella hay un velo negro con El Corán bordado en letras de oro por mano de los ángeles.

Ellos quedaron maravillados y me rogaron que entrara.

Dentro de esa ciudad, es todo un bazar. ¡Lástima que no estuvieras conmigo! Los mercaderes se sientan en el umbral de sus tiendas sobre tapices de seda. Tienen barbas negras, y turbantes cubiertos de broches de oro. Algunos venden gálbano y nardo, y extraños perfumes de las Indias, y aceite de rosa, y jugo cristalizado de las hojas de un árbol, y florecillas de clavero de olor. Otros venden brazaletes de plata incrustados de turquesas azules, y colgantes de perlas, y garras de tigre engarzadas en oro, y arracadas de esmeralda, y anillos de jade. De las casas de té llega el sonido del laúd, y los fumadores de opio, con sus blancos rostros sonrientes, miran pasar a los viandantes.

Es una lástima que no estuvieras conmigo. Los vendedores de vino llevan grandes pellejos negros a la espalda. Casi todos venden vino de Chiraz, que es dulce como la miel. Y lo sirven en tacitas de metal, con pétalos de rosas. Un día, vi pasar por allí un elefante. Llevaba el cuerpo pintado con bermellón y cúrcuma. Se paró frente a una de las tiendas, y se puso a comer naranjas mientras el dueño reía. ¡Qué gente tan extraña! Cuando están contentos, van donde un vendedor de pájaros, compran un centenar de ellos y los dejan libres, para aumentar su alegría; y cuando están tristes, se azotan con espinos, para que su tristeza sea mayor.

Es de verdad una pena que no estuvieses conmigo. En la fiesta de la Luna Nueva el joven Emperador salió de su palacio para ir a rezar a la mezquita. Llevaba la barba y los cabellos cubiertos con pétalos de rosas, y las mejillas cubiertas con oro pulverizado.

Salió de su palacio al amanecer con una vestidura de plata; y al atardecer, volvió con otra vestidura de oro. La gente se arrojaba al suelo, ocultando sus rostros; excepto yo, que no quise imitarlos.

Me mantuve de pie, junto al mesón de un vendedor de dátiles, esperando.

Al verme, el Emperador se detuvo. Pero yo continué inmóvil, sin rendirle homenaje. La gente se maravilló de mi audacia, y me aconsejaron que huyera de la ciudad. Pero no les hice caso, y fui a sentarme con los vendedores de dioses extranjeros, que por su oficio, son abominados. Cuando les dije lo que había hecho, me regalaron dioses, pero me suplicaron que me alejase de ellos.

Aquella noche, mientras dormía entre almohadones, en una casa de té que hay en la calle de las Granadas, entraron los guardias del Emperador y me llevaron al palacio. Apenas entré cerraron las puertas y las aseguraron con cadenas. Al interior había un vasto patio, los muros eran de alabastro blanco, adornados con azulejos verdes y azules. Las columnas eran de mármol verde, y el pavimento de un mármol color damasco. Nunca había visto nada similar.

Cuando atravesé el patio, dos mujeres veladas me maldijeron desde una galería. Los guardias abrieron una puerta de marfil labrado, y me encontré en un patio dispuesto en siete terrazas. Estaba lleno de maceteros con tulipanes, girasoles y áloes. Al centro se abría un surtidor de agua rodeado de cipreses que eran como antorchas apagadas, y en cada uno de ellos cantaba un ruiseñor.

Al acercamos a un pequeño pabellón que se levantaba al extremo del jardín, salieron dos eunucos a encontramos. Sus cuerpos obesos se balanceaban al caminar, y me miraban de soslayo, con ojos de párpados amarillentos.

Entonces, el capitán de la guardia me indicó la entrada del pabellón. Entré apartando la cortina.

El joven Emperador estaba reclinado sobre un lecho cubierto de pieles de león. Detrás de él se erguía un nubio, desnudo hasta la cintura, con turbante de bronce y pesados aretes. Encima de una mesa, al lado del lecho, descansaba un gran alfanje de acero.

Cuando me vio el Emperador frunció el ceño, y me dijo:

—¿Cuál es tu nombre? ¿Acaso no sabes que soy el Emperador de esta ciudad?

Pero yo no le contesté.

Entonces el Emperador señaló la cimitarra con el dedo, y el nubio la empuñó y abalanzándose sobre mí, me asestó un tajo terrible. La hoja pasó zumbando a través de mi cuerpo, pero no me hizo daño alguno. El verdugo rodó por tierra, y al levantarse sus dientes castañeteaban de terror. Corrió a protegerse tras el lecho.

El joven Emperador se levantó, tomó una lanza, y la arrojó contra mí. Pero yo la cogí al vuelo y la quebré en dos pedazos. Entonces él me disparó una flecha, pero levanté las manos y la detuve en el aire. Luego desenvainó una daga, y apuñaló la garganta del nubio, para que no pudiese contarle a nadie la afrenta que había recibido. El esclavo se retorció como una serpiente, y la roja espuma roja le salió a borbotones entre los labios.

Al verlo ya muerto, el Emperador se volvió hacia mí, y después de secarse el sudor con una toalla de seda carmesí, me dijo:

—¿Eres acaso un profeta, que no puedo herirte, o el hijo de un profeta, que no puedo dañarte? Te ruego que salgas de mi ciudad esta noche, porque mientras estés aquí, yo ya no seré el Señor.

Y yo le respondí:

—Quizás acepte marcharme, pero a cambio de la mitad de tus tesoros. Dame la mitad de tus tesoros y me iré de tu ciudad.

El Emperador me cogió de la mano y me guio fuera del jardín. Cuando me vio el capitán de la guardia, se maravilló. Cuando los eunucos me vieron, les tiritaron las rodillas y cayeron al suelo.

Hay en el Palacio una habitación que tiene ocho paredes de pórfido rojo, y un techo artesonado de bronce, del que cuelgan las lámparas. El Emperador tocó una de las paredes y esta se abrió. Bajamos entonces por un corredor iluminado por antorchas. En nichos, a uno y otro lado, había grandes cántaros, llenos hasta el borde de monedas de plata. Cuando llegamos al centro del corredor el Emperador dijo la palabra que no puede ser dicha, y giró una puerta de granito. Él se cubrió el rostro con las manos, por temor a que sus ojos quedaran deslumbrados.

No puedes imaginarte qué sitio tan maravilloso. Había grandes conchas de tortuga rebosantes de perlas, y selenitas de gran tamaño amontonadas con rubíes rojos. El oro estaba almacenado en arcas de piel de elefante, y el oro en polvo en botellas de cuero de bestias marinas. Había ópalos y zafiros; los primeros en copas de cristal, los segundos en copas de jade. Ordenadas en bandejas de marfil había esmeraldas verdes, y en un rincón grandes sacos de seda, unos con turquesas y otros con berilos. Y aún no he podido decirte ni la décima parte de lo que allí había. Cuando el Emperador apartó las manos de su rostro, me expreso:

—Este es mi tesoro, y tal como te prometí, la mitad de él es tuya. Y te daré camellos y camelleros para que lleves tu parte a cualquier lugar del mundo que se te antoje. Y todo quedará hecho esta misma noche, pues no quiero que el Sol, que es mi padre, vea que en mi ciudad hay un hombre al que no puedo matar.

Pero yo le respondí:

—El oro que hay aquí es tuyo, y también es tuya la plata, y tuyas las piedras preciosas. No los necesito para nada, ni aceptaré otra cosa tuya que ese anillo que llevas en el dedo.

Y el Emperador frunció el ceño y exclamó:

—Es una sortija de plomo, sin ningún valor. Toma la mitad del tesoro y vete.

—No —repliqué—, sólo aceptaré ese anillo de plomo, porque sé muy bien lo que hay escrito por dentro, y con qué fin.

Y el Emperador tembló, y me imploró, diciendo:

—Toma el tesoro entero, pero ándate de mi ciudad. La mitad mía también será tuya.

Y entonces hice una cosa muy singular... Pero no importa lo que hice, porque en una gruta, que está sólo a un día de camino, tengo escondido el Anillo de la Riqueza. Un día de marcha nada más.

Quién posee ese anillo es más rico que todos los reyes de la tierra. Ven, tómalo, y todas las riquezas del mundo serán tuyas.

Pero el joven Pescador se echó a reír:

—El amor es mejor que la riqueza —exclamó—, y la sirenita me ama.

—No, no hay nada mejor que la riqueza —insistió el alma.

—El amor es mejor —replicó el joven Pescador.

Y volvió a hundirse en las profundidades, mientras el alma partía llorando a través de las marismas.

* * *

Pasado el tercer año, el alma regresó a la orilla del mar y llamó al joven pescador. Este subió desde las profundidades y dijo:

—¿Para qué me llamas?

Y el alma le dijo:

—Acércate más para que pueda hablar contigo, porque he visto cosas maravillosas.

Él se acercó a la orilla, y echado sobre el agua, escuchó con la cabeza apoyada en la mano.

El alma le contó:

—En una ciudad que conozco, hay una posada a la orilla de un río, donde estuve en compañía de unos marineros que bebían vinos de dos colores y comían pan de cebada con pescaditos salados servidos en hojas de laurel con vinagre; nos divertíamos allí, cuando entró un viejo con una alfombra de cuero y un laúd que tenía dos cuernos de ámbar. Extendió el tapiz en el suelo y comenzó a tocar el laúd con la punta de una pluma; entonces entró corriendo una muchacha, con el rostro cubierto por un velo, y comenzó a bailar ante nosotros. Tenía cubierto el rostro, pero los pies desnudos. Tenía los pies desnudos y se agitaban sobre el tapiz como dos pichones blancos. Jamás, en ninguno de mis viajes, vi nada tan maravilloso. Y la ciudad donde baila queda sólo a una jornada de aquí.

Cuando el joven Pescador oyó las palabras de su alma, recordó que la sirenita no tenía pies, y no podía danzar. Y se apoderó de él un gran deseo, y se dijo:

—Puesto que sólo queda de aquí a un día, luego puedo volver al lado de mi amor.

Riendo, se puso de pie y caminó a grandes pasos hacia la orilla.

Al llegar a tierra firme volvió a reír y extendió los brazos hacia su alma. Y su alma lanzó un gran grito de alegría, y corrió a su encuentro, y penetró en él; y el joven Pescador vio delante suyo, sobre la arena esa sombra del cuerpo que es el cuerpo del alma.

Y su alma le dijo:

—Ven, alejémonos de aquí ahora mismo, mira que los dioses del mar son muy celosos y tienen monstruos que obedecen sus mandatos.

Se apresuraron y toda aquella noche caminaron bajo la luna, y todo el día siguiente caminaron bajo el sol, y al atardecer llegaron a una ciudad.

Y entonces el joven Pescador preguntó a su alma:

—¿Está es la ciudad donde danza la muchacha de quien me hablaste?

Y su alma contestó:

—No, no es esta ciudad, es otra. Sin embargo, entremos.

Y entraron, y vagaron por las calles. Al pasar por el barrio de los joyeros, el joven Pescador se fijó en una copa de plata que estaba expuesta en una tienda.

Y su alma le dijo:

—Toma esa copa de plata y escóndela.

Él tomó la copa y la escondió entre los pliegues de su capa. Luego, precipitadamente, salieron de la ciudad.

Cuando estuvieron a una legua de la ciudad, el joven Pescador frunció el ceño, arrojó lejos la copa y le dijo a su alma:

—¿Por qué me dijiste que tomara esa copa y la ocultara, siendo eso, como es, una acción vil?

Pero su alma le respondió:

—Cálmate, tranquilízate...

Al anochecer del segundo día, llegaron a otra ciudad, y el joven Pescador preguntó a su alma:

—¿Es esta la ciudad donde baila la muchacha de quien me hablaste?

Y su alma le contestó:

—No, no es esta ciudad, es otra. Sin embargo, entremos.

Y entraron, y comenzaron a vagar por las calles. Al pasar por el barrio de los vendedores de sandalias, el joven Pescador vio a un niño que estaba de pie, cargando un cántaro de agua. Y su alma le dijo:

—Pégale, hazlo caer.

Y él le pegó al niño, hasta hacerlo caer, llorando. Luego escaparon de la ciudad.

Y cuando estuvieron a una legua de la ciudad, el joven Pescador se irritó y dijo a su alma:

—¿Por qué me hiciste que le pegara a ese niño, siendo eso, como es, una acción vil?

Pero su alma le respondió:

—Cálmate, tranquilízate...

Al amanecer del tercer día llegaron a otra ciudad, y el joven Pescador preguntó a su alma:

—¿Es esta la ciudad donde baila la muchacha de quien me hablaste? Y su alma le contestó:

—Sí, quizás sea esta la ciudad. Entremos a ver.

Y entraron, y recorrieron las calles. Pero en ningún sitio les fue posible encontrar el río, ni la posada que se levantaba a orillas del río. Y la gente de la ciudad lo miraba con extrañeza, y el joven Pescador se atemorizó, y le dijo a su alma:

—Vámonos de aquí, porque la muchacha que baila con pies blancos no está en esta ciudad.

Pero su alma le contestó:

—No, quedémonos en esta ciudad, porque la noche esta oscura y puede haber ladrones en el camino.

Se sentaron entonces a descansar en el mercado; cuando al poco rato, pasó un mercader vestido con una capa de paño de Tartaria que llevaba una linterna al extremo de una caña.

El mercader le dijo:

—¿Por qué te sientas en el mercado, cuando las tiendas ya están cerradas?

Y el joven Pescador repuso:

—No encontré ninguna posada en esta ciudad, y no tengo pariente alguno que me hospede.

—¿Es que acaso no somos todos hermanos? —dijo el mercader—. ¿Acaso no nos hizo a todos el mismo dios? Ven conmigo, yo tengo en mi casa una habitación para huéspedes.

Y el joven Pescador se levantó y siguió al mercader hasta su casa.

Cuando entraron, después de atravesar un jardín de granados, el mercader le trajo agua de rosas en un lavatorio de cobre para que se lavara las manos, y melones maduros para que apagara su sed, y un plato de arroz con una porción de cabrito asado para que saciara su hambre.

Una vez que hubo acabado de comer, lo llevó a la habitación para alojados, y le deseó una buena noche. El joven Pescador le dio las gracias, y besó el anillo que su anfitrión llevaba en el dedo. Luego se tendió sobre los tapices de pelo de cabra, y cubierto con pieles de cordero negro, se quedó dormido.

Tres horas antes de salir el sol, cuando todavía era de noche, su alma lo despertó y le dijo:

—Levántate y anda al cuarto del mercader, a la misma habitación donde duerme, y mátalo, y róbale el oro; porque tenemos necesidad de dinero.

El joven Pescador se levantó, como sonámbulo, y se deslizó sigilosamente hasta la alcoba del mercader. A los pies de su anfitrión había una espada curva, y en un azafate, junto a él, nueve bolsas de oro. Extendiendo la mano, el joven Pescador tocó la espada; pero, apenas lo hizo despertó el mercader estremeciéndose y saltando del lecho, empuñó la espada. Y dijo al joven Pescador:

—¿Vas a devolver el bien por mal y pagar con mi sangre la bondad que he tenido contigo?

Pero su alma le dijo al joven Pescador:

—¡Mátalo!

Entonces el joven Pescador golpeó al mercader y lo hizo perder el sentido. Luego se apoderó de las nueve bolsas de oro, y huyó rápidamente atravesando el jardín de los granados, y volviendo continuamente el rostro hacia la estrella de la mañana.

Cuando estuvieron a una legua de la ciudad, el joven Pescador se golpeó el pecho y dijo a su alma:

—¿Por qué me ordenaste que asesinara al mercader y le robara su oro? No cabe duda que eres muy perversa.

Pero su alma le respondió:

—Cálmate, tranquilízate...

—¡No! —gritó el joven Pescador—, no puedo tranquilizarme, porque detesto todo lo que me has obligado a hacer. Y a tí también te detesto, y te ordeno que me expliques por qué me has obligado a actuar de esta manera.

Su alma le contestó entonces:

—Cuando te desprendiste de mí y me lanzaste al mundo, no me diste corazón; así que aprendí a hacer todas estas cosas, y a gustar de ellas.

—¿Qué dices? —murmuró el joven Pescador.

—Bien lo sabes —contestó su alma—, lo sabes muy bien. ¿Te olvidaste que no me diste corazón? Por eso, no te inquietes, ni me perturbes a mí. Tranquilízate, porque no hay dolor que no puedas ahuyentar, ni placer que no puedas conseguir.

Al oír estas palabras atroces, el joven Pescador tembló, y replicó a su alma:

—Eres perversa y malvada, me has hecho olvidar mi amor, me has seducido con tus tentaciones, y has encaminado mis pies por la senda del pecado.

Pero su alma replicó con petulancia:

—No olvides que cuando me arrojaste al mundo no me diste corazón. Ven, vamos ya a otra ciudad, y divirtámonos, porque tenemos nueve bolsas de oro para gastar.

Esta vez el joven Pescador arrojó al suelo las nueve bolsas de oro, y las pisoteó, gritando:

—¡No! ¡No quiero nada contigo, ni viajaré más en tu compañía! Tal como me desprendí de ti una vez, me desprenderé de nuevo ahora, porque no me has hecho más que daño.

Se volvió de espaldas a la luna, y con el cuchillito de mango de piel de víbora verde, trató de recortar, desde sus pies, esa sombra del cuerpo que es el cuerpo del alma.

Sin embargo ahora el alma no se separó de él, ni obedeció su mandato, sino que le dijo:

—El hechizo que te enseñó la bruja ya no te sirve ahora, porque ni yo puedo abandonarte, ni tú puedes desprenderte de mí. Sólo una vez en la vida un hombre puede separarse de su alma, pero aquel que la ha recibido de nuevo, tiene que conservarla consigo para siempre; y este es su castigo y también su recompensa.

El joven Pescador palideció y apretó los puños, gritando:

—¡Fue una bruja malvada, porque eso no me lo dijo!

—No —repuso su alma—, ella fue fiel a Aquel a quien adora y servirá para siempre.

Cuando el joven Pescador comprendió que ya no podría librarse de su alma, que ahora era un alma perversa, y que habitaría en él para siempre, cayó en tierra llorando amargamente.

* * *

Al amanecer, el joven Pescador se levantó y dijo a su alma:

—Amarraré mis manos para que no te obedezcan, cerraré mis labios para que no repitan tus palabras, y volveré al lugar en que vive la sirena que amo. Caminaré de nuevo hacia el mar, hacia la bahía donde ella canta habitualmente y la llamaré, y le contaré el mal que he hecho a otros, y el mal que tú me has hecho a mí.

Y su alma lo tentó, diciéndole:

—¿Qué tan gran cosa es esa amada tuya, para que quieras volver con ella? Hay muchas mujeres en el mundo que son mucho más hermosas. Existen las bailarinas de Samaris, que bailan imitando a las aves y los animales, y llevan los pies teñidos de alheña, y cascabeles en las manos. Ellas ríen cuando bailan, y su risa es tan clara como la risa del agua. Ven conmigo y te las mostraré. Porque, ¿para qué te vas a preocupar de eso que tú crees que es pecado? ¿No fueron hechas para el goce las cosas sabrosas de comer? ¿Y acaso hay algún veneno en lo que es dulce de beber? No te perturbes más, y ven conmigo a otra ciudad. Muy cerca de aquí se encuentra una ciudad, donde hay un jardín de tulipanes poblado de pavos reales blancos y pavos reales de pecho azul. Cuando abren sus colas al sol son como discos de marfil y como discos de oro. Y la muchacha que los alimenta, baila con ellos, y algunas veces baila sobre sus manos y otras veces baila sobre sus pies. Y lleva los ojos pintados con antimonio, y las aletas de su nariz tienen el delicado molde de las alas de la golondrina. De una de ellas cuelga una flor tallada en una perla. Y ríe cuando baila y los aros de plata que lleva en los tobillos tintinean como campanitas. No te mortifiques más, y acompáñame a esa ciudad.

El joven Pescador ya no le contestó a su alma; cerró sus labios con un sello de silencio, amarró sus manos con una cuerda, y emprendió el regreso hacia el lugar de donde había venido, hacia la bahía donde su amada cantaba. Aunque su alma lo tentó sin cesar durante todo el camino, el joven Pescador no respondió, ni quiso seguir ninguno de sus pérfidos consejos. Tan grande era la fuerza de su amor.

Cuando por fin llegó a la orilla del mar, liberó sus manos de la cuerda, levantó de sus labios el sello de silencio y llamó a la sirenita. Pero esta vez ella no acudió a su llamada, a pesar de que él estuvo allí, implorando todo el día.

Su alma se burlaba, ahora, y le decía:

—Poca es la alegría que te produce tu amor. Eres como ese que, en tiempos de sequía, guarda su agua en un cántaro roto. Das lo que tienes y no recibes nada en cambio. Mejor será que te vengas conmigo, porque yo sé dónde está el valle de los Placeres, y las cosas que pasan allí.

El joven Pescador siguió sin responder a su alma, y en una quebrada de la roca, se construyó una cabaña, y habitó allí todo un año. Cada mañana llamaba a la sirenita, y todas las tardes la volvía a llamar, y pasaba las noches repitiendo su nombre.

Pero ella no salió del agua, jamás acudió a su encuentro, y tampoco pudo encontrarla en ningún lugar del mar, a pesar de que la buscó en las grutas y en el agua verde, en las charcas de la marea y en los pozos que hay en las profundidades.

Y sin cesar, su alma le tentaba, susurrándole cosas terribles. Pero no consiguió vencerlo, tan grande era la fuerza de su amor.

Y cuando pasó todo un año, pensó el alma:

—He tentado a mi dueño con el mal, y su amor es más fuerte que yo. Ahora voy a tentarlo con el bien, y quizás venga conmigo.

Habló entonces al joven Pescador diciéndole:

—Te he referido los placeres del mundo, y no me has escuchado. Déjame ahora que te hable del dolor del mundo y acaso quieras oírme. Porque, en verdad, el dolor es el Rey del mundo, y no hay nadie que pueda escapar de sus redes. A unos les falta ropa, y otros no tienen pan. Hay viudas que se visten de púrpura, y hay viudas que se visten de harapos. A través de los pantanos caminan los leprosos, y son crueles unos con otros. De aquí para allá van los mendigos por los caminos, con sus bolsillos vacíos. Por las calles de las ciudades pasea el Hambre, y la Peste se estaciona en las puertas. Ven, vamos a remediar todo eso. ¿Para qué vas a quedarte aquí, llamando día y noche a tu amada, si ves que no viene nunca? ¿Qué tanto valor tiene ese amor tuyo para que le des tanta importancia?

Nuevamente el joven Pescador no quiso contestarle; tan grande era la fuerza de su amor. Y siguió llamando a la sirenita cada mañana, y todas las tardes la volvía a llamar y pasaba las noches repitiendo su nombre. Sin embargo, ella nunca salió del agua para encontrarlo, ni tampoco pudo encontrarla en ningún lugar del mar, a pesar que la buscó en las corrientes, y en los valles que hay debajo de las olas; la buscó en el mar que al atardecer se tiñe de rojo, y en el mar que al amanecer se vuelve gris.

Cuando el segundo año transcurrió, una noche su alma dijo al joven Pescador, mientras estaba sentado en la cabaña:

—Te he tentado con el mal y te he tentado con el bien, pero tu amor es más fuerte que yo. No voy a volver a tentarte, pero te ruego que me dejes entrar en tu corazón, para ser de nuevo una sola contigo, como fuimos antes.

—Por cierto que puedes entrar —

dijo el joven Pescador—, porque en los días que vagaste por el mundo sin corazón, has tenido que sufrir mucho.

—¡Ay! chilló el alma—. No hay sitio para mí en tu corazón, está repleto de amor.

—Yo quisiera ayudarte —dijo el joven Pescador.

En ese instante, un gran grito de duelo llegó del mar, como el grito que escuchan los hombres cuando muere un hijo del Mar.

El joven Pescador se puso en pie de un salto, y corrió hacia la orilla. Las olas sombrías se precipitaron hacia la playa, trayendo una carga más blanca que la plata. Blanca como la espuma y semejante a una flor flotante sobre las olas empenachadas de negro. La marejada la arrancó de las olas, la espuma la arrancó de la marejada, la playa la recibió... y el joven Pescador vio tendido a sus pies el cuerpo de la sirenita. La sirenita estaba muerta a sus pies.

Con el corazón deshecho de dolor, el joven pescador se echó sobre la arena, junto a la sirenita, y besó el rojo frío de su boca, y acarició el ámbar mojado de su cabellera. Se echó junto a la sirenita, llorando como el que tiembla de alegría y la estrechó contra su pecho. Estaban fríos sus labios, pero él los besó. Estaba salada la miel de su carne, pero él la saboreó con cruel alegría.

Y habló con el cadáver. En las conchas de las orejas de la sirenita vertió el vino agrio de su historia. Puso las manos de ella alrededor de su cuello, y con sus dedos le acarició la garganta delicada.

Amarga, amarga era su alegría, y lleno de una extraña plenitud era su dolor.

El mar negro se acercaba hinchándose, y la blanca espuma gemía como un leproso. Con blancas manos de espuma el mar se aferraba a la playa. Y del palacio del Rey del Mar se escuchó de nuevo el grito de dolor, y a lo lejos en alta mar, los tritones soplaron roncamente sus caracolas.

—Retírate— le advirtió su alma—, porque el mar se acerca cada vez más; si te demoras vas a morir. Retírate a un lugar seguro. ¿No querrás enviarme al otro mundo sin corazón?

Pero el joven Pescador no la escuchaba. Llamaba a la sirenita, y le decía:

—El amor es mejor que la sabiduría, y más precioso que las riquezas, y más bello que los pies de las hijas de los hombres. Al amor no lo consume el fuego, ni el agua puede apagarlo. Yo te llamaba al amanecer, y tú no acudiste a mi llamada. La luna oyó tu nombre, pero tú no escuchaste. Porque yo te había abandonado, y para daño mío vagué muy lejos de ti. Sin embargo, tu amor fue siempre conmigo a todas partes, y siempre fue poderoso, y nada prevaleció contra él, a pesar de que contemplé el mal y contemplé el bien. Y ahora que tú estás muerta, yo quiero también morir contigo.

Su alma le suplicaba que se retirase pero él no quiso hacerlo; tan grande era su amor. Y el mar se acercó cada vez más y trató de cubrirlo con sus olas. Y cuando él supo que su muerte estaba próxima, besó con labios frenéticos los labios fríos de la sirenita, y su corazón se hizo pedazos. Y como la plenitud de su amor hizo estallar su corazón, el alma encontró una abertura, y por allí entró, y fue de nuevo una sola con el joven Pescador, tal como antes. Entonces las sombrías olas del mar cubrieron al joven Pescador.

\* \* \*

A la mañana siguiente, el sacerdote salió para bendecir el mar que había estado tormentoso, y con él venían los monjes y los músicos, y los acólitos llevando cirios, y una gran muchedumbre.

Cuando alcanzaron la orilla, el sacerdote vio al joven Pescador, ahogado sobre la playa con el cuerpo de la sirenita estrechamente abrazado. Y retrocedió frunciendo el ceño; y después de hacer la señal de la cruz anunció con resentimiento:

—¡No bendeciré al mar, ni a nada de lo que encierra! ¡Malditos sean los hijos del Mar, y malditos los que tienen relaciones con ellos! Y en cuanto a este joven Pescador, que por causa del amor olvidó a su Dios, y yace así, fulminado por el juicio de Dios, tomen su cuerpo y el cuerpo de su amante impía, y entiérrenlos al final del Campo de los Retamos, y no pongan encima marca ni señal alguna, para que nadie sepa el lugar donde descansan, porque fueron malditos en vida, y malditos son también en la eternidad de la muerte.

La gente le obedeció, y al final del Campo de los Retamos, en un sitio donde no crecía hierba, cavaron un profundo foso, y allí depositaron los cadáveres.

Cuando hubo pasado el tercer año, llegado que fue el día de la gran fiesta, subió el cura a la parroquia, para mostrarle al puerto las llagas del Señor, y hablar de la cólera divina.

Después de vestirse con sus paramentos sacerdotales, cuando entró y se inclinó ante el altar, vio que estaba todo cubierto de extrañas flores fragantes, que jamás había visto anteriormente. Eran muy singulares, y su rara belleza le turbó, y el aroma fue dulce para su olfato, sugerente de nostalgias que jamás se cuajarían en recuerdos. Y se sintió alegre, sin saber por qué estaba alegre.

Después de abrir el tabernáculo y de incensar la custodia que había dentro, y demostrar la Santa Forma al pueblo, y de esconderla otra vez detrás del velo de los velos, comenzó hablar al pueblo. Se había propuesto hablarles de la cólera divina. Pero la belleza de las flores blancas lo turbaba, y su perfume era tan grato a su olfato, y otras palabras comenzaron a brotar de sus labios. Así no habló de la ira de Dios, sino del Amor de Dios. ¿Y por qué hablaba así? No lo sabía.

Al término de su prédica la gente lloraba, y el propio cura volvió a la sacristía con los ojos llenos de lágrimas. Y los diáconos vinieron a despojarle de sus paramentos, le quitaron el alba y el cíngulo, el manípulo y la estola, mas el sacerdote seguía inmóvil como en sueños.

Cuando lo hubieron desvestido, miró a los diáconos y dijo:

—¿Qué flores son esas que hay en el altar, y de dónde provienen?

Y ellos le contestaron:

—Qué flores son no podemos decirlo; pero provienen del final del Campo de los Retamos.

Entonces el cura se estremeció, atravesado de recuerdos, y volviendo a su casa se puso en oración.

Al amanecer del siguiente día, salió con los monjes y los músicos, y los portadores de cirios; y los acólitos, y una gran muchedumbre. Fue caminando hasta la orilla del mar y bendijo al mar, y a todos los seres que viven en él. A los faunos también los bendijo, y a las pequeñas criaturas que danzan en la selva, y a las criaturas de ojos brillantes que espían a través del follaje. A todos los seres del mundo de Dios los bendijo estremeciéndose de amor, y el pueblo estaba lleno de júbilo y asombro.

Sin embargo, desde entonces, nunca

más volvieron a crecer flores en aquel rincón de los Campo de los Retamos, que volvió a quedar tan desierto como lo había sido.

Tampoco volvieron a entrar los hijos del Mar en la bahía, como acostumbraban a hacerlo, porque se fueron a otro lugar del limpio océano.

**FIN**

# EL PESCADOR Y SU ALMA

Por OSCAR WILDE

(NOVELA MISTERIOSA)

30 cts.

**Revista literaria** "NOVELAS Y CUENTOS"
Publicación semanal

THE HAPPY PRINCE
AND OTHER TALES BY
OSCAR WILDE
ILLUSTRATED BY
WALTER CRANE
& JACOMB
HOOD
1888

# El príncipe feliz

En la parte más alta de la ciudad, sobre una columnita, se alzaba la estatua del Príncipe Feliz.

Estaba toda revestida de madreselva de oro fino. Tenía, a guisa de ojos, dos centelleantes zafiros y un gran rubí rojo ardía en el puño de su espada.

Por todo lo cual era muy admirada.

—Es tan hermoso como una veleta —observó uno de los miembros del Concejo que deseaba granjearse una reputación de conocedor en el arte—. Ahora, que no es tan útil —añadió, temiendo que le tomaran por un hombre poco práctico.

Y realmente no lo era.

—¿Por qué no eres como el Príncipe Feliz? —preguntaba una madre cariñosa a su hijito, que pedía la luna—. El Príncipe Feliz no hubiera pensado nunca en pedir nada a voz en grito.

—Me hace dichoso ver que hay en el mundo alguien que es completamente feliz —murmuraba un hombre fracasado, contemplando la estatua maravillosa.

—Verdaderamente parece un ángel —decían los niños hospicianos al salir de la catedral, vestidos con sus soberbias capas escarlatas y sus bonitas chaquetas blancas.

—¿En qué lo conocéis —replicaba el profesor de matemáticas— si no habéis visto uno nunca?

—¡Oh! Los hemos visto en sueños —respondieron los niños.

Y el profesor de matemáticas fruncía las cejas, adoptando un severo aspecto, porque no podía aprobar que unos niños se permitiesen soñar.

Una noche voló una golondrinita sin descanso hacia la ciudad.

Seis semanas antes habían partido sus amigas para Egipto; pero ella se quedó atrás.

Estaba enamorada del más hermoso de los juncos. Lo encontró al comienzo de la primavera, cuando volaba sobre el río persiguiendo a una gran mariposa amarilla, y su talle esbelto la atrajo de tal modo, que se detuvo para hablarle.

—¿Quieres que te ame? —dijo la Golondrina, que no se andaba nunca con rodeos.

Y el Junco le hizo un profundo saludo.

Entonces la Golondrina revoloteó a su alrededor rozando el agua con sus alas y trazando estelas de plata.

Era su manera de hacer la corte. Y así transcurrió todo el verano.

—Es un enamoramiento ridículo —gorjeaban las otras golondrinas—. Ese Junco es un pobretón y tiene realmente demasiada familia.

Y en efecto, el río estaba todo cubierto de juncos.

Cuando llegó el otoño, todas las golondrinas emprendieron el vuelo.

Una vez que se fueron sus amigas, sintiose muy sola y empezó a cansarse de su amante.

—No sabe hablar —decía ella—. Y además temo que sea inconstante porque coquetea sin cesar con la brisa.

Y realmente, cuantas veces soplaba la brisa, el Junco multiplicaba sus más graciosas reverencias.

—Veo que es muy casero —murmuraba la Golondrina—. A mí me gustan los viajes. Por lo tanto, al que me ame, le debe gustar viajar conmigo.

—¿Quieres seguirme? —preguntó por último la Golondrina al Junco.

Pero el Junco movió la cabeza. Estaba demasiado atado a su hogar.

—¡Te has burlado de mí! —le gritó la Golondrina—. Me marcho a las Pirámides. ¡Adiós!

Y la Golondrina se fue.

Voló durante todo el día y al caer la noche llegó a la ciudad.

—¿Dónde buscaré un abrigo? —se dijo—. Supongo que la ciudad habrá hecho preparativos para recibirme.

Entonces divisó la estatua sobre la columnita.

—Voy a cobijarme allí —gritó— El sitio es bonito. Hay mucho aire fresco.

Y se dejó caer precisamente entre los pies del Príncipe Feliz.

—Tengo una habitación dorada —se dijo quedamente, después de mirar en torno suyo.

Y se dispuso a dormir.

Pero al ir a colocar su cabeza bajo el ala, he aquí que le cayó encima una pesada gota de agua.

—¡Qué curioso! —exclamó—. No hay una sola nube en el cielo, las estrellas están claras y brillantes, ¡y sin embargo llueve! El clima del norte de Europa es verdaderamente extraño. Al Junco le gustaba la lluvia; pero en él era puro egoísmo.

Entonces cayó una nueva gota.

—¿Para qué sirve una estatua si no resguarda de la lluvia? —dijo la Golondrina—. Voy a buscar un buen copete de chimenea.

Y se dispuso a volar más lejos. Pero antes de que abriese las alas, cayó una tercera gota.

La Golondrina miró hacia arriba y vio... ¡Ah, lo que vio!

Los ojos del Príncipe Feliz estaban arrasados de lágrimas, que corrían sobre sus mejillas de oro.

Su faz era tan bella a la luz de la luna, que la Golondrinita sintiose llena de piedad.

—¿Quién sois? —dijo.

—Soy el Príncipe Feliz.

—Entonces, ¿por qué lloriqueáis de ese modo? —preguntó la Golondrina—. Me habéis empapado casi.

—Cuando estaba yo vivo y tenía un corazón de hombre —repitió la estatua—, no sabía lo que eran las lágrimas porque vivía en el Palacio de la Despreocupación, en el que no se permite la entrada al dolor. Durante el día jugaba con mis compañeros en el jardín y por la noche bailaba en el gran salón. Alrededor del jardín se alzaba una muralla altísima, pero nunca me preocupó lo que había detrás de ella, pues todo cuanto me rodeaba era hermosísimo. Mis cortesanos me llamaban el Príncipe Feliz y, realmente, era yo feliz, si es que el placeres la felicidad. Así viví y así morí y ahora que estoy muerto me han elevado tanto, que puedo ver todas las fealdades y todas las miserias de mi ciudad, y aunque mi corazón sea de plomo, no me queda más recurso que llorar.

«¡Cómo! ¿No es de oro de buena ley?», pensó la Golondrina para sus adentros, pues estaba demasiado bien educada para hacer ninguna observación en voz alta sobre las personas.

—Allí abajo —continuó la estatua con su voz baja y musical—, allí abajo, en una callejuela, hay una pobre vivienda. Una de sus ventanas está abierta y por ella puedo ver a una mujer sentada ante una mesa. Su rostro está enflaquecido y ajado. Tiene las manos hinchadas y enrojecidas, llenas de pinchazos de la aguja, porque es costurera. Borda pasionarias sobre un vestido de raso que debe lucir, en el próximo baile de corte, la más bella de las damas de honor de la Reina. Sobre un lecho, en el rincón del cuarto, yace su hijito enfermo. Tiene fiebre y pide naranjas. Su madre no puede darle más que agua del río. Por eso llora. Golondrina, Golondrinita, ¿no quieres llevarla el rubí del puño de mi espada? Mis pies están sujetos al pedestal, y no me puedo mover.

—Me esperan en Egipto —respondió la Golondrina—. Mis amigas revolotean de aquí para allá sobre el Nilo y charlan con los grandes lotos. Pronto irán a dormir al sepulcro del Gran Rey. El mismo Rey está allí en su caja de madera, envuelto en una tela amarilla y embalsamado con sustancias aromáticas. Tiene una cadena de jade verde pálido alrededor del cuello y sus manos son como unas hojas secas.

—Golondrina, Golondrina, Golondrinita —dijo el Príncipe—, ¿no te quedarás conmigo una noche y serás mi mensajera? ¡Tiene tanta sed el niño y tanta tristeza la madre!

—No creo que me agraden los niños —contestó la Golondrina—. El invierno último, cuando vivía yo a orillas del río, dos muchachos mal educados, los hijos del molinero, no paraban un momento en tirarme piedras. Claro es que no me alcanzaban. Nosotras las golondrinas, volamos demasiado bien para eso y además yo pertenezco a una familia célebre por su agilidad; mas, a pesar de todo, era una falta de respeto.

Pero la mirada del Príncipe Feliz era tan triste que la Golondrinita se quedó apenada.

—Mucho frío hace aquí —le dijo—; pero me quedaré una noche con vos y seré vuestra mensajera.

—Gracias, Golondrinita —respondió el Príncipe.

Entonces la Golondrinita arrancó el gran rubí de la espada del Príncipe y llevándolo en el pico, voló sobre los tejados de la ciudad.

Pasó sobre la torre de la catedral, donde había unos ángeles esculpidos en mármol blanco.

Pasó sobre el palacio real y oyó la música de baile.

Una bella muchacha apareció en el balcón con su novio.

—¡Qué hermosas son las estrellas —la dijo— y qué poderosa es la fuerza del amor!

—Querría que mi vestido estuviese acabado para el baile oficial —respondió ella—. He mandado bordar en él unas pasionarias ¡pero son tan perezosas las costureras!

Pasó sobre el río y vio los fanales colgados en los mástiles de los barcos. Pasó sobre el gueto y vio a los judíos viejos negociando entre ellos y pesando monedas en balanzas de cobre.

Al fin llegó a la pobre vivienda y

echó un vistazo dentro. El niño se agitaba febrilmente en su camita y su madre habíase quedado dormida de cansancio.

La Golondrina saltó a la habitación y puso el gran rubí en la mesa, sobre el dedal de la costurera. Luego revoloteó suavemente alrededor del lecho, abanicando con sus alas la cara del niño.

—¡Qué fresco más dulce siento! — murmuró el niño—. Debo estar mejor.

Y cayó en un delicioso sueño.

Entonces la Golondrina se dirigió a todo vuelo hacia el Príncipe Feliz y le contó lo que había hecho.

—Es curioso —observa ella—, pero ahora casi siento calor, y sin embargo, hace mucho frío.

Y la Golondrinita empezó a reflexionar y entonces se durmió. Cuantas veces reflexionaba se dormía.

Al despuntar el alba voló hacia el río y tomó un baño.

—¡Notable fenómeno! —exclamó el profesor de ornitología que pasaba por el puente—. ¡Una golondrina en invierno!

Y escribió sobre aquel tema una larga carta a un periódico local.

Todo el mundo la citó. ¡Estaba plagada de palabras que no se podían comprender!...

—Esta noche parto para Egipto —se decía la Golondrina.

Y sólo de pensarlo se ponía muy alegre.

Visitó todos los monumentos públicos y descansó un gran rato sobre la punta del campanario de la iglesia.

Por todas partes adónde iba piaban los gorriones, diciéndose unos a otros:

—¡Qué extranjera más distinguida!

Y esto la llenaba de gozo. Al salir la luna volvió a todo vuelo hacia el Príncipe Feliz.

—¿Tenéis algún encargo para Egipto? —le gritó—. Voy a emprender la marcha.

—Golondrina, Golondrina, Golondrinita —dijo el Príncipe—, ¿no te quedarás otra noche conmigo?

—Me esperan en Egipto —respondió la Golondrina—. Mañana mis amigas volarán hacia la segunda catarata. Allí el hipopótamo se acuesta entre los juncos y el dios Memnón se alza sobre un gran trono de granito. Acecha a las estrellas durante la noche y cuando brilla Venus, lanza un grito de alegría y luego calla. A mediodía, los rojizos leones bajan a beber a la orilla del río. Sus ojos son verdes aguamarinas y sus rugidos más atronadores que los rugidos de la catarata.

—Golondrina, Golondrina, Golondrinita —dijo el Príncipe—, allá abajo, al otro lado de la ciudad, veo a un joven en una buhardilla. Está inclinado sobre una mesa cubierta de papeles y en un vaso a su lado hay un ramo de violetas marchitas. Su pelo es negro y rizoso y sus labios rojos como granos de granada. Tiene unos grandes ojos soñadores. Se esfuerza en terminar una obra para el director del teatro, pero siente demasiado frío para escribir más. No hay fuego ninguno en el aposento y el hambre le ha rendido.

—Me quedaré otra noche con vos — dijo la Golondrina, que tenía realmente buen corazón—. ¿Debo llevarle otro rubí?

—¡Ay! No tengo más rubíes —dijo el Príncipe—. Mis ojos es lo único que me queda. Son unos zafiros extraordinarios traídos de la India hace un millar de años. Arranca uno de ellos y llévaselo. Lo venderá a un joyero, se comprará alimento y combustible y concluirá su obra.

—Amado Príncipe —dijo la Golondrina—, no puedo hacer eso.

Y se puso a llorar.

—¡Golondrina, Golondrina, Golondrinita! —dijo el Príncipe—. Haz lo que te pido.

Entonces la Golondrina arrancó el ojo del Príncipe y voló hacia la buhardilla del estudiante. Era fácil penetrar en ella porque había un agujero en el techo. La Golondrina entró por él como una flecha y se encontró en la habitación.

El joven tenía la cabeza hundida en sus manos. No oyó el aleteo del pájaro y cuando levantó la cabeza, vio el hermoso zafiro colocado sobre las violetas marchitas.

—Empiezo a ser estimado —exclamó—. Esto proviene de algún rico admirador. Ahora ya puedo terminar la obra.

Y parecía completamente feliz.

Al día siguiente la Golondrina voló hacia el puerto.

Descansó sobre el mástil de un gran navío y contempló a los marineros que sacaban enormes cajas de la cala tirando de unos cabos.

—¡Ah, iza! —gritaban a cada caja que llegaba al puente.

—¡Me voy a Egipto! —les gritó la Golondrina.

Pero nadie le hizo caso, y al salir la luna, volvió hacia el Príncipe Feliz.

—He venido para deciros adiós —le dijo.

—¡Golondrina, Golondrina, Golondrinita! —exclamó el Príncipe—. ¿No te quedarás conmigo una noche más?

—Es invierno —replicó la Golondrina— y pronto estará aquí la nieve glacial. En Egipto calienta el sol sobre las palmeras verdes. Los cocodrilos, acostados en el barro, miran perezosamente a los árboles, a orillas del río. Mis compañeras construyen nidos en el templo de Baalbek. Las palomas rosadas y blancas las siguen con los ojos y se arrullan. Amado Príncipe, tengo que dejaros, pero no os olvidaré nunca y la primavera próxima os traeré de allá dos bellas piedras preciosas con que sustituir las que disteis. El rubí será más rojo que una rosa roja y el zafiro será tan azul como el océano.

—Allá abajo, en la plazoleta —contestó el Príncipe Feliz—, tiene su puesto una niña vendedora de cerillas. Se le han caído las cerillas al arroyo, estropeándose todas. Su padre le pegará si no lleva algún dinero a casa, y está llorando. No tiene ni medias ni zapatos y lleva la cabecita al descubierto. Arráncame el otro ojo, dáselo y su padre no le pegará.

—Pasaré otra noche con vos —dijo la Golondrina—, pero no puedo arrancaros el ojo porque entonces os quedaríais ciego del todo.

—¡Golondrina, Golondrina, Golondrinita! —dijo el Príncipe—. Haz lo que te mando.

Entonces la Golondrina volvió de nuevo hacia el Príncipe y emprendió el vuelo llevándoselo.

Se posó sobre el hombro de la vendedorcita de cerillas y deslizó la joya en la palma de su mano.

—¡Qué bonito pedazo de cristal! —exclamó la niña y corrió a su casa muy alegre.

Entonces la Golondrina volvió de nuevo hacia el Príncipe.

—Ahora estáis ciego. Por eso me quedaré con vos para siempre.

—No, Golondrinita —dijo el pobre Príncipe—. Tienes que ir a Egipto.

—Me quedaré con vos para siempre —dijo la Golondrina.

Y se durmió entre los pies del Príncipe. Al día siguiente se colocó sobre el hombro del Príncipe y le refirió lo que había visto en países extraños.

Le habló de los ibis rojos que se sitúan en largas filas a orillas del Nilo y pescan a picotazos peces de oro; de la esfinge, que es tan vieja como el mundo, vive en el desierto y lo sabe todo; de los mercaderes que caminan lentamente junto a sus camellos, pasando las cuentas de unos rosarios de ámbar en sus manos; del rey de las montañas de la Luna, que es negro como el ébano y que adora un gran bloque de cristal; de la gran serpiente verde que duerme en una palmera y a la cual están encargados de alimentar con pastelitos de miel veinte sacerdotes; y de los pigmeos que navegan por un gran lago sobre anchas hojas aplastadas y están siempre en guerra con las mariposas.

—Querida Golondrinita —dijo el

Príncipe—, me cuentas cosas maravillosas, pero más maravilloso aún es lo que soportan los hombres y las mujeres. No hay misterio más grande que la miseria. Vuela por mi ciudad, Golondrinita, y dime lo que veas.

Entonces la Golondrinita voló por la gran ciudad y vio a los ricos que se festejaban en sus magníficos palacios, mientras los mendigos estaban sentados a sus puertas.

Voló por los barrios sombríos y vio las pálidas caras de los niños que se morían de hambre, mirando con apatía las calles negras.

Bajo los arcos de un puente estaban acostados dos niñitos abrazados uno a otro para calentarse.

—¡Qué hambre tenemos! —decían.

—¡No se puede estar tumbado aquí! —les gritó un guardia.

Y se alejaron bajo la lluvia.

Entonces la Golondrina reanudó su vuelo y fue a contar al Príncipe lo que había visto.

—Estoy cubierto de oro fino —dijo el Príncipe—; despréndelo hoja por hoja y dáselo a mis pobres. Los hombres creen siempre que el oro puede hacerlos felices.

Hoja por hoja arrancó la Golondrina el oro fino hasta que el Príncipe Feliz se quedó sin brillo ni belleza.

Hoja por hoja lo distribuyó entre los pobres, y las caritas de los niños se tornaron nuevamente sonrosadas y rieron y jugaron por la calle.

—¡Ya tenemos pan! —gritaban.

Entonces llegó la nieve y después de la nieve el hielo.

Las calles parecían empedradas de plata por lo que brillaban y relucían.

Largos carámbanos, semejantes a puñales de cristal, pendían de los tejados de las casas. Todo el mundo se cubría de pieles y los niños llevaban gorritos rojos y patinaban sobre el hielo.

La pobre Golondrina tenía frío, cada vez más frío, pero no quería abandonar al Príncipe: le amaba demasiado para hacerlo.

Picoteaba las migas a la puerta del panadero cuando este no la veía, e intentaba calentarse batiendo las alas.

Pero, al fin, sintió que iba a morir.

No tuvo fuerzas más que para volar una vez más sobre el hombro del Príncipe.

—¡Adiós, amado Príncipe! —murmuró—. Permitid que os bese la mano.

—Me da mucha alegría que partas por fin para Egipto, Golondrina —dijo el Príncipe—. Has permanecido aquí demasiado tiempo. Pero tienes que besarme en los labios porque te amo.

—No es a Egipto adónde voy a ir —dijo la Golondrina—. Voy a ir a la morada de la Muerte. La Muerte es hermana del Sueño, ¿verdad?

Y besando al Príncipe Feliz en los labios, cayó muerta a sus pies.

En el mismo instante sonó un extraño crujido en el interior de la estatua, como si se hubiera roto algo.

El hecho es que la coraza de plomo se había partido en dos. Realmente hacía un frío terrible.

A la mañana siguiente, muy temprano, el alcalde se paseaba por la plazoleta con dos concejales de la ciudad.

Al pasar junto al pedestal, levantó sus ojos hacia la estatua.

—¡Dios mío! —exclamó—. ¡Qué andrajoso parece el Príncipe Feliz!

—¡Sí, está verdaderamente andrajoso! —dijeron los concejales de la ciudad, que eran siempre de la opinión del alcalde.

Y levantaron ellos mismos la cabeza para mirar la estatua.

—El rubí de su espada se ha caído y ya no tiene ojos, ni es dorado —dijo el alcalde—. En resumidas cuentas, que está lo mismo que un pordiosero.

—¡Lo mismo que un pordiosero! —repitieron a coro los concejales.

—Y tiene a sus pies un pájaro muerto —prosiguió el alcalde—. Realmente habrá que promulgar un bando prohibiendo a los pájaros que mueran aquí.

Y el secretario del Ayuntamiento tomó nota para aquella idea.

Entonces fue derribada la estatua del Príncipe Feliz.

—¡Al no ser ya bello, de nada sirve! —dijo el profesor de estética de la Universidad.

Entonces fundieron la estatua en un horno y el alcalde reunió al Concejo en sesión para decidir lo que debía hacerse con el metal.

—Podríamos —propuso— hacer otra estatua. La mía, por ejemplo.

—O la mía —dijo cada uno de los concejales.

Y acabaron disputando.

—¡Qué cosa más rara! —dijo el oficial primero de la fundición—. Este corazón de plomo no quiere fundirse en el horno; habrá que tirarlo como desecho,

Los fundidores lo arrojaron al montón de basura en que yacía la golondrina muerta.

—Tráeme las dos cosas más preciosas de la ciudad —dijo Dios a uno de sus ángeles.

Y el ángel se llevó el corazón de plomo y el pájaro muerto.

—Has elegido bien —dijo Dios—. En mi jardín del Paraíso este pajarillo cantará eternamente, y en mi ciudad de oro el Príncipe Feliz repetirá mis alabanzas.

**FIN**

# El gigante egoísta

Todas las tardes al volver del colegio tenían los niños la costumbre de ir a jugar al jardín del gigante.

Era un gran jardín solitario, con un suave y verde césped. Brillaban aquí y allí lindas flores sobre el suelo, y había doce melocotoneros que en primavera se cubrían con una delicada floración blanquirrosada y que, en otoño, daban hermosos frutos.

Los pájaros, posados sobre las ramas, cantaban tan deliciosamente, que los niños interrumpían habitualmente sus juegos para escucharlos.

—¡Qué dichosos somos aquí! —se decían unos a otros.

Un día volvió el gigante. Había ido a visitar a su amigo el ogro de Cornualles, residiendo siete años en su casa. Al cabo de los siete años dijo todo lo que tenía que decir, pues su conversación era limitada, y decidió regresar a su castillo.

Al llegar, vio a los niños que jugaban en su jardín.

—¿Qué hacéis ahí? —les gritó con voz agria.

Y los niños huyeron.

—Mi jardín es para mí solo —prosiguió el gigante—. Todos deben entenderlo así, y no permitiré que nadie que no sea yo se solace en él.

Entonces lo cercó con un alto muro y puso el siguiente cartelón:

QUEDA PROHIBIDA LA ENTRADA
BAJO LAS PENAS LEGALES
CORRESPONDIENTES

Era un gigante egoísta.

Los pobres niños no tenían ya sitio de recreo.

Intentaron jugar en la carretera; pero la carretera estaba muy polvorienta, toda llena de agudas piedras, y no les gustaba.

Tomaron la costumbre de pasearse, una vez terminadas sus lecciones, alrededor del alto muro, para hablar del hermoso jardín que había al otro lado.

Entonces llegó la primavera y en todo el país hubo pájaros y florecillas.

Sólo en el jardín del gigante egoísta continuaba siendo invierno.

Los pájaros, desde que no había niños, no tenían interés en cantar y los árboles olvidábanse de florecer.

En cierta ocasión una bonita flor levantó su cabeza sobre el césped; pero al ver el cartelón se entristeció tanto pensando en los niños, que se dejó caer a tierra, volviéndose a dormir.

Los únicos que se alegraron fueron el hielo y la nieve.

—La primavera se ha olvidado de este jardín —exclamaban— Gracias a esto vamos a vivir en él todo el año.

La nieve extendió su gran manto

blanco sobre el césped y el hielo revistió de plata todos los árboles.

Entonces invitaron al viento del Norte a que viniese a pasar una temporada con ellos.

El viento del Norte aceptó y vino. Estaba envuelto en pieles. Bramaba durante todo el día por el jardín, derribando a cada momento chimeneas.

—Este es un sitio delicioso —decía— Invitemos también al granizo.

Y llegó asimismo el granizo.

Todos los días, durante tres horas, tocaba el tambor sobre la techumbre del castillo, hasta que rompió muchas pizarras. Entonces se puso a dar vueltas alrededor del jardín, lo más de prisa que pudo. Iba vestido de gris y su aliento era de hielo.

—No comprendo por qué la primavera tarda tanto en llegar —decía el gigante egoísta cuando se asomaba a la ventana y veía su jardín blanco y frío—. ¡Ojalá cambie el tiempo!

Pero la primavera no llegaba ni el verano tampoco.

El otoño trajo frutos de oro a todos los jardines, pero no dio ninguno al del gigante.

—Es demasiado egoísta —dijo.

Y era siempre invierno en casa del gigante, y el viento del Norte, el granizo, el hielo y la nieve danzaban en medio de los árboles.

Una mañana el gigante, acostado en

su lecho, pero despierto ya, oyó una música deliciosa. Sonó tan dulcemente en sus oídos, que hizo imaginarse que los músicos del rey pasaban por allí.

En realidad, era un pardillo que cantaba ante su ventana; pero como no había oído a un pájaro en su jardín hacía mucho tiempo, le pareció la música más bella del mundo.

Entonces el granizo dejó de bailar sobre su cabeza y el viento del Norte de rugir. Un perfume delicioso llegó hasta él por la ventana abierta.

—Creo que ha llegado al fin la primavera —dijo el gigante.

Y saltando del lecho se asomó a la ventana y miró. ¿Qué fue lo que vio?

Pues vio un espectáculo extraordinario.

Por una brecha abierto en el muro, los niños habíanse deslizado en el jardín encaramándose a las ramas. Sobre todos los árboles que alcanzaba él a ver había un niño, y los árboles sentíanse tan dichosos de sostener nuevamente a los niños, que se habían cubierto de flores y agitaban graciosamente sus brazos sobre las cabezas infantiles.

Los pájaros revoloteaban de unos para otros cantando con delicia, y las flores reían irguiendo sus cabezas sobre el césped.

Era un bonito cuadro.

Sólo en un rincón, en el rincón más

apartado del jardín, seguía siendo invierno.

Allí se encontraba un niño muy pequeño. Tan pequeño era, que no había podido llegar a las ramas del árbol y se paseaba a su alrededor llorando amargamente.

El pobre árbol estaba aún cubierto de hielo y de nieve, y el viento del Norte soplaba y rugía por encima de él.

—Sube ya, muchacho —decía el árbol.

Y le alargaba sus ramas, inclinándose todo lo que podía, pero el niño era demasiado pequeño.

El corazón del gigante se enterneció al mirar hacia afuera.

«¡Qué egoísta he sido! —pensó—.

Ya sé por qué la primavera no ha querido venir aquí. Voy a colocar a ese pobre pequeñuelo sobre la cima del árbol, luego tiraré el muro, y mi jardín será ya siempre el sitio de recreo de los niños.»

Estaba verdaderamente arrepentido de lo que había hecho.

Entonces bajó las escaleras, abrió nuevamente la puerta y entró en el jardín.

Pero cuando los niños le vieron, se quedaron tan aterrorizados que huyeron y el jardín se quedó otra vez invernal.

Únicamente el niño pequeñito no había huido porque sus ojos estaban tan llenos de lágrimas que no le vio venir.

Y el gigante se deslizó hasta él, le cogió cariñosamente con sus manos y lo depositó sobre el árbol.

Y el árbol inmediatamente floreció, los pájaros vinieron a posarse y a cantar sobre él y el niñito extendió sus brazos, rodeó con ellos el cuello del gigante y le besó.

Y los otros niños, viendo que ya no era malo el gigante, se acercaron y la primavera los acompañó.

—Desde ahora este es vuestro jardín, pequeñuelos —dijo el gigante.

Y cogiendo un martillo muy grande, echó abajo el muro.

Y cuando los campesinos fueron a mediodía al mercado, vieron al gigante jugando con los niños en el jardín más hermoso que pueda imaginarse.

Estuvieron jugando durante todo el

día, y por la noche fueron a decir adiós al gigante.

—Pero ¿dónde está vuestro compañerito? —les preguntó—. ¿Aquel muchacho que subí al árbol?

A él era a quien quería más el gigante, porque le había abrazado y besado.

—No sabemos —respondieron los niños—; se ha ido.

—Decidle que venga mañana sin falta —repuso el gigante.

Pero los niños contestaron que no sabían dónde vivía y hasta entonces no le habían visto nunca.

Y el gigante se quedó muy triste. Todas las tardes a la salida del colegio venían los niños a jugar con el gigante, pero este ya no volvió a ver el pequeñuelo a quien quería tanto. Era muy bondadoso con todos los niños, pero echaba de menos a su primer amiguito y hablaba de él con frecuencia.

—¡Cómo me gustaría verle! —solía decir.

Pasaron los años y el gigante envejeció y fue debilitándose. Ya no podía tomar parte en los juegos; permanecía sentado en un gran sillón viendo jugar a los niños.

—Tengo muchas flores bellas —decía—; pero los niños son las flores más bellas.

Una mañana de invierno, mientras se vestía, miró por la ventana.

Ya no detestaba el invierno; sabía que no es sino el sueño de la primavera y el reposo de las flores.

De pronto se frotó los ojos, atónito, y miró con atención.

Realmente era una visión maravillosa. En un extremo del jardín había un árbol casi cubierto de flores blancas. Sus ramas eran todas de oro y colgaban de ellas frutos de plata; bajo el árbol aquél estaba el pequeñuelo a quien quería tanto.

El gigante se precipitó por las escaleras lleno de alegría y entró en el jardín. Corrió por el césped y se acercó al niño. Y cuando estuvo junto a él, su cara enrojeció de cólera y exclamó:

—¿Quién se ha atrevido a herirte?

En las palmas de la mano del niño y en sus piececitos veíanse las señales sangrientas de dos clavos.

—¿Quién se ha atrevido a herirte? — gritó el gigante—. Dímelo. Iré a coger mi espada y le mataré.

—No —respondió el niño—, estas son las heridas del Amor.

—¿Y quién es ese? —dijo el gigante.

Un temor respetuoso le invadió, haciéndole caer de rodillas ante el pequeñuelo.

Y el niño sonrió al gigante y le dijo:

—Me dejaste jugar una vez en tu jardín. Hoy vendrás conmigo a mi jardín, que es el Paraíso.

Y cuando llegaron los niños aquella tarde encontraron al gigante tendido, muerto, bajo el árbol, todo cubierto de flores blancas.

## FIN

# Libros Mablaz  Ciencia Ficcion y Fantasía

http://librosmablaz.com/

# Libros Mablaz  CLÁSICOS de Ciencia Ficción recuperados

LM
CLÁSICOS

http://librosmablaz.com/

# Libros Mablaz

Narrativa — Relatos

/www.librosmablaz.com/